中华
经典通识

《三国演义》通识

许　蔚——著

中华书局

图书在版编目(CIP)数据

《三国演义》通识/许蔚著. —北京:中华书局,2023.7
(中华经典通识)
ISBN 978-7-101-15729-1

Ⅰ.三… Ⅱ.许… Ⅲ.《三国演义》-研究 Ⅳ.I207.413

中国版本图书馆 CIP 数据核字(2022)第 078554 号

书 名	《三国演义》通识
著 者	许 蔚
丛 书 名	中华经典通识
主 编	陈引驰
丛书策划	贾雪飞
责任编辑	黄飞立
封面设计	毛 淳
责任印制	管 斌
出版发行	中华书局
	(北京市丰台区太平桥西里 38 号 100073)
	http://www.zhbc.com.cn
	E-mail:zhbc@zhbc.com.cn
印 刷	天津图文方嘉印刷有限公司
版 次	2023 年 7 月第 1 版
	2023 年 7 月第 1 次印刷
规 格	开本/880×1230 毫米 1/32
	印张 7⅝ 字数 110 千字
印 数	1-5000 册
国际书号	ISBN 978-7-101-15729-1
定 价	49.00 元

编者的话

经典常读常新，一代有一代的思想，一代有一代的解读。"中华经典通识"系列丛书，邀请当今造诣精深的中青年学者，为读者朋友们讲授通识课。希望通过一本"小书"，轻松简明地讲透一部中华传统经典。

本系列丛书由复旦大学陈引驰教授主编，每本书的作者都是该领域的名家，他们既有深厚的学养，又长于深入浅出，融会贯通。每本书都选配了大量相关的图片，图文相生，能增强阅读的趣味性。

希望这套丛书，能成为人们了解中华传统文化的可靠津梁。

目　录

三国如何演义？

　　中国历史源远流长，而汉末三国可能是最为人们所津津乐道的时期。大街上随便拦个人，即使三尺童子，也能蹦出诸如"说曹操，曹操到""三个臭皮匠，顶个诸葛亮""鲁班门前弄大斧，关公门前耍大刀""周郎妙计安天下，陪了夫人又折兵""周瑜打黄盖，一个愿打，一个愿挨"之类的三国话头。要说曹操、刘备、孙权、吕布、关羽、张飞、赵云、周瑜、诸葛亮是最为老百姓所熟悉的历史人物，恐怕一点也不为过。只是话说回来，如果细细盘问，大家所知所论的这些个三国人物、故事或者习语，恐怕很少得自史书的记述，大多数都来自小说、评书、戏曲、影视或者民间传说的演绎。

　　倒也不是说史书上记载的就一定是历史事实，只是史书的文言表述一般来说，并不太容易为普通老百姓所接受

卢弼《三国志集解》书影

《三国志》，晋陈寿撰，刘宋裴松之注，"二十四史"之一，是有关三国历史最权威的史料。

罢了。实际上，即便是正经八百的史书《三国志》，在它的正文与注释中，原本就采录了数百种野史杂记，其中不少就是来自民间的传说，注释者裴松之往往会忍不住"发个弹幕"，说这件事比较可信，那件事太过荒唐，恐怕是胡说八道，大家伙儿可千万别听他的。当然，他批评他的，这些传说也并没有就此停留在史书上，而是一直在民间流传着，通过随意的抄录、口耳相传或者戏剧表演发挥它的余热。

　　唐代人追述隋炀帝时，每年遇三月三日上巳节，举行曲水大会，除了喝酒、赋诗等规定动作，也在水中放置一种木制的机械传动装置以供观赏，类似今天常常能见到的大型节日庆典活动中的游行花车；其中就有曹操在谯水中洗澡时斩杀蛟龙、刘备骑着的卢马飞越檀溪等传说故事。木头人偶随着水流，像真人一样自行动作，算是那个时代的高科技表演了。小孩子们对这些故事也很熟悉，还常常以张飞的无礼和邓艾的口吃为笑料。（李商隐《骄儿诗》）虽然我们不太清楚这个时代有没有什么长篇的三国故事，但人们偶尔记录下来的一句半句，好像还主要是名人轶事，没有出现什么爱憎分明的情况。

大目乾（犍）连冥间救母变文残卷
伯希和敦煌遗书

　　宋代的市民娱乐除了看戏，还流行听说书。

关于说书的起源，有不同的说法。一般来说，除了自古以来讲说故事与笑话的传统外，人们也把在唐代寺院中兴盛的变文讲唱看作说书的前身之一。敦煌遗书中保存下来的唐代变文故事里，虽然没有看到与三国有关的内容，但还是有不少讲唱历史故事的。比如讲项羽、刘邦楚汉争霸的《汉将王陵变》《捉季布传文》等，这后一篇在结束的时候还明确说"具说《汉书》修制了，莫道词人唱不真"，可以知道是讲唱艺人根据史书《汉书》的记载改编翻唱，差不多可以看作今天我们所说的历史演义的老祖宗了。

说书这个行当，在宋代发展出众多的门类，其中之一就是讲史，也就是演说历史故事。讲说三国故事的，称作"说三分"，很受市民的欢迎。南宋时人孟元老追忆宋徽宗时代的往日繁华，提到东京汴梁城（今河南开封）的瓦子勾栏（娱乐场所）里有着众多固定营业的说书艺人，各有各的擅场，其中，有一位名字叫霍四究的，就以"说三分"闻名于世。(《东京梦华录》)苏轼也听人提到过"说三分"的情况，说是街坊中有些淘气的熊孩子，家里边管教不住，看着都心累，往往就给上几个钱，让他们一起上瓦子去听"说三分"，省得到处闹腾，惹是生非。得亏说书艺人讲得精彩，孩子们也听得十分认真，小心情随着故事情节的发展而波动不已：听到说曹操失利，忍不住要欢呼雀跃，大鼓其掌；听到说刘备落败而逃，转而又唉声叹气，偷偷抹眼泪儿。（《东坡志林》）虽然我们并不清楚宋代说书艺人所讲的三国故事到底是个什么样子，但孩子们的真情流露让我们知道，那时候的说书已经对刘备很是同情了。

北宋张择端《清明上河图》中的"撂地"说书场景

　　现存元代有关三国的戏剧大多描绘独立事件或者张飞、关羽等人的事迹，比如《虎牢关三英战吕布》《关大王独赴单刀会》之类，孙权、刘备、曹操三家的争斗只是剧情的背景。元代刊刻的《三国志平话》(同一部书的另一个刻本，书名叫作《三分事略》，这两个本子现在都收藏在日本)，除共享了元代戏剧所热衷的"英雄无敌"之张飞传说外，一般认为也还是保留了一些宋元时代说书人底本的遗迹。而这部平话则是以刘备的事业线为故事的主轴，曹操、孙权等都只不过是顺带提到而已。大家耳熟能详的刘关张桃园三结义，最早也是在《三国志平话》和戏剧中出现的。这可能和说书的另一个门类有关，就是把说江湖故事(宋元时人称作"朴刀杆棒")中英雄豪杰拜把子、义结金兰的桥段挪用了过来。但这可不光是刘关张拜把子，戏剧里面还把曹操凑在一起，成结义四兄弟了。在这方面，《三国志平话》还要走得更远一些，刘关张不是结义就完事了，哥儿几个还领着小喽啰们落草当山大王，往后才受了朝廷招安。当然，《三国志平话》这样写也是很理直气壮的。明代小说《水浒传》写正月十五上元佳节，黑旋风李逵闹着要跟小乙哥燕青上东京去看花灯，两人乔装打扮了进城，手挽着手，一路开心地走，正听见瓦子里勾栏锣响，要开场说书了，李逵说什么也要凑热闹听书去。这说的就是三国故事，讲到关羽刮骨疗毒，一边下棋，一边让华佗动刀，李逵听了那叫一个激动，大叫："这个正是好男子！"李逵最反对给朝廷干活，听到说招安就没好气，他心爱的英雄，要是能落个草，那还真是巴不得的事儿，做梦都得笑醒了。

《水浒传》和《三国演义》，哪个问世要更早一些，到现在为止谁也说不清，大可放在一边，不去管它。总之，这两部小说都是在明代中期以后才刊刻流行的。《三国演义》现存最早的刻本据说是明代嘉靖元年（1522）刊刻的，书的前面有一篇弘治七年（1494）金华人蒋大器写的序言，洋洋洒洒还挺长，除了一面贬低说书人讲得太俗，一面吹捧这本书够高雅之外，主要是告诉我们，这部书是一个叫罗贯中的人，根据陈寿《三国志》中的各篇传记，参考其他史书改编而成的。翻开书，我们也可以看到，书名是《三国志通俗演义》，署名则是"晋平阳侯陈寿史传，后学

却说帝在于武处洛阳建都即位五载当日驾因
闲游花御园内花木奇异观之不足驾问大臣
此花园谁的工荟之情近臣奏曰非干王芥咎过
迫秦民移买栽接郡杀东都洛阳之民　　　忠令
传募人共黎民一处赏花至次月　　　　　　一黄榜
募人共黎民一处赏花至次月是二月三日清明节令
花各占亭馆忽有一书生百姓都在御园内赏
挨酒一壶行千将百尤钵一副昔自恭剑漆箱采
一壶行千将百尤钵一副昔自恭剑漆箱采御手
才往前行数十步见株昇翘插同那馆无奴坐地方
园中游赏来得晚了此二个都占了芥馆绿草
上放下酒壶尤钵解下琴翘同二沙因坐定将酒壶
在尤钵内一饮而渴连饮二钵熟指出早酒带平醉
一盃两朵桃花上脸来这秀才姓其名
谁後□同马写　　　因□□忧琴一操罗□

建安虞氏新刊

新全相三
至治新刊
國志平話

至治新刊全相平話三國志卷之上

黃帝鑄章

江東吳上褔地川

不是三人分天下

曹操英勇上中原

衆報高祖斬首冤

罗本贯中编次"，的的确确给人造成一种这部小说是罗贯中在陈寿《三国志》基础上编撰而成的印象。

关于罗贯中的生平，我们几乎一无所知，一般认为他是生活于元明之际，在杭州一带说书场谋生的下层文人（也叫"书会才人"）；而现代学者也多已指出小说与史书差距非常大，即便非要举出某部史书是罗贯中编撰的依据，也轮不到《三国志》，而很可能是宋元时代流行的某种通俗历史读物。

当然，对于一般的读者来说，罗贯中是什么人，他所依据的资料究竟是什么都不重要，"热闹，闷时节好看"才是第一位的。书印出来后，很快就风靡开来，成为爆款，热销海内外，现存明代刻本超过三十种，许多是福建建阳的书商刊刻的，并且作为国际贸易的商品或者旅游纪念品，至今保存在欧、美、日等世界各地的图书馆之中。这些明代刻本大多在前面附有长长的"演职人员名单"和"角色简介"，看上去一板一眼，想要让人相信这小说没有胡编乱造。

三國志通俗演義卷之一

晉平陽侯陳壽史傳

後學羅本貫中編次

祭天地桃園結義

後漢桓帝崩靈帝即位時年十二歲朝廷有大將軍竇武太傳陳蕃司徒胡廣共相輔佐至秋九月中消曹節王甫弄權竇武陳蕃預謀誅之機謀不密反被曹節王甫所害中消自此得權建寧二年四月十五日帝會群臣

涵芬楼、古典文学社等多次影印出版的嘉靖本《三国志通俗演义》，原书藏美国国会图书馆

　　广告吹得震天响，也带来一个问题，不少读者还真就把这个号称改编自史书的小说当成史书来读了。对此，清代著名的史学家章学诚就曾大为光火。他举例什么是好的小说，什么是不好的小说：像什么《列国志传》《东西汉演义》《说唐》还有《南北宋演义》之类，大都是讲说历史事实，他觉得还是不错的；像什么《西游记》《金瓶梅》之类，完全出自虚构，人人都知道那里面讲的事都是天马行空、子虚乌有，他觉得也无伤大雅；只有《三国演义》，他觉得最是可恶。为什么？因为《三国演义》在内容上是"七分实事，三分虚构"，很容易就让淳朴的读者搞不清楚哪个是历史事实，什么又是虚构想象，脑子里满满的都是浆糊，一团糟。他尤其生气的是，那个什么桃园结义，居然敢把君臣当作《水浒传》中啸聚山林的草寇一样，结拜为弟兄，真是大逆不道；那个什么诸葛亮，又是呼风唤雨，又是木牛流马，这不就是《水浒传》里的军师吴用嘛；那个什么张飞，好好的知礼义的张桓侯，就给写成黑旋风李逵了，要不得，要不得，不好，不好。他奉劝写小说的人，写历史就要完全按照历史事实来写，想虚构就不要掺和进历史去，千万不要学《三国演义》的样。（《丙辰礼记》）对他来说，作为小说，《三国演义》不仅是不及格的，而且还是个反面典型。

章学诚生活在乾嘉时代，他读的《三国演义》是什么版本呢？也不能说他看不到明代刻本，但从他对蜀汉正统论的深恶痛绝，也可以猜想十有八九看的是毛宗岗评本。一般认为，清初毛纶、毛宗岗父子在明代书商包装出来的《李卓吾批评三国志》的基础上删改编订了一个新的版本。这个本子产生之后，很快就完成逆袭，成为最流行的一种。

毛宗岗是坚定的皇叔拥趸，除了对全书文字大动手术外，还"赤膊上阵"，给每一回都批示了详细意见，千方百计要给皇叔点赞。他还在全书的开头预先添加了一篇超长篇幅的《读三国志法》，打算让所有的读者在读小说前，都先去啃他的"袜子"。文章开篇第一句话就是"读《三国志》者，当知有正统、闰运、僭国之别"，强调要以蜀汉为正统，曹魏、孙吴都是僭越，司马晋更是闰出。

我们承认毛宗岗确实有不少精彩的发言，可是读者也有权利不去看，尽管现今通行的整理本大多数采用的仍

百二十

荐杜预老将献新谋。降孙皓三分归一统

四大奇書第一種總目終

讀三國志法

讀三國志者當知有正統閏運僭國之別正統者何蜀漢是也僭

國者何吳魏是也閏運者何晉是也論地理則以中原為主論理

地則以中原為主論理則以劉氏為主論地不若論理故以正統

予魏者司馬光通鑑之誤也以正統予蜀者紫陽綱目之所以為

正也綱目于獻帝建安之末大書後漢昭烈皇帝章武元年而以

吳魏分注其後蓋以蜀為帝室之胄在所當予魏為篡國之賊在

所當奪蓋以先主則書劉備討曹操則書漢丞相討賊曹

亮出師伐魏而大義昭然揭于千古矣夫劉氏未亡魏未混一軱

固不得為正統迨乎劉氏已亡晉已混一而晉亦不得為正統者

第一才子書　　讀法

毛宗岗评本《第一才子书三国演义》开宗明义的《读三国志法》

然是毛宗岗评本，使得今天的读者不得不面对毛宗岗的改写，好在一般都没有收录他这些额外的指导意见，还算是件值得庆幸的事吧。当然，如果读着读着，感到小说中许多事情发生得莫名其妙，搞不清楚来龙去脉，那恐怕还是得退出毛宗岗评本，选择明代版本，重新开始。那个时候，就会发现明代人读的，原来是这样的《三国演义》！

一 "腰斩"三国
布局的重点

在《三国演义》作为一部书刊刻出版以前,人们的日常娱乐生活中,无论是舞台演出、说唱,还是民间传说或者讲故事,已经存在着比较丰富的三国故事素材。这些故事素材除了口耳相传以外,有一部分也以文字形式固定下来,被抄写或者刊刻成书。

三国题材的杂剧虽然存世较多,但受一人主唱的表演形式限制,演出时间不会太长,角色设置不会太多,情节冲突也必须集中,一般只择取某个单一事件来予以表现。尽管剧作家往往会借角色之口,在上场时来一个开场白,介绍剧中人物关系或者故事发生的大致背景,但舞台表演与文字剧本,通常来说是很不相同的两件事情。即使是同一部剧作,从清代以来的表演记录以及今日我们在剧院观赏戏曲的切身体会来看,更多的时候,

曹洪:《长坂坡》　　　孙权:《甘露寺》　　　魏延:《战长沙》

蒋干:《群英会》　　　夏侯德:《定军山》　　　蒋钦:《甘露寺》

姚刚:《黄一刀》　　　程普:《凤凰二乔》　　　沙摩柯:《连营寨》

太史慈:《群英会》　　　徐晃:《走麦城》　　　张飞:《甘露寺》

周仓:《华容道》　　　杨延嗣:《金沙滩》　　　天庆王:《金沙滩》

三国人物京剧脸谱举隅

都是经过临场剪裁和随机发挥，最终往往只展示最精彩的唱段。比较接近今天生活体验的例子，至少可以举出著名的京剧折子《骂曹》《捉放曹》《空城计》《斩马谡》《定军山》等。更典型的无疑是广为传唱的歌曲《京剧脸谱》，以一人一句一脸谱的极简形式来表现三国人物的典型特征（曹操、典韦等）。这样的选择或者剪裁，既是满足观众或者听众感受的市场需求，也反映出他们面对一部书、一出戏的感受和体会。

古代人其实和现代人一样，面对长达百回的长篇巨制，有时觉得停不下来，要一口气读完；有时则意兴阑珊，觉得满纸皆无生气，不如弃去。许多时候，篇幅过长，对读者来说确实是一种负担。明代刊刻的《西游记》，除了通常我们所熟知的金陵世德堂刊行的一百回本以外，还有几种福建建阳刊刻的简写本，篇幅大约只有百回本的五分之一，或许就是面向这样的读者而量身定制的。当然，对于愿意通读全书的读者来说，也有额外的需求。他们对情节、人物，总有这样那样的想法要表达，要宣泄，除了在书页上下方的空白处（"天头地脚"），或者字句中间写写划划、添加评论以外，也会觉得有些部分纯属败笔，应当删去。

这方面的典型例子，无疑是《水浒传》。明代流行的一百回本《水浒传》（尽管一百回的容与堂本与一百二十回的袁无涯本，哪一个出版年代更早，还存在争议，但一般都认为最初的《水浒传》确实是一百回的），到了金圣叹手里，便被删减为七十回，而金圣叹腰斩本则成为清代以来最为流行的一个版本，直到民国时期容与堂本等明代版本重新被发现，才又被一百回本或者一百二十回本所取代。金圣叹腰斩《水浒传》的理由有许多，抛开陈腐的君臣观念不谈，核心的理由来自一般的阅读体会，即觉得小说在梁山大聚义之后，英雄们一个个死去，已经是强弩

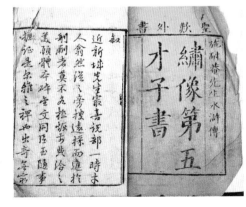

金圣叹"腰斩"《水浒传》，成了"第五才子书"

之末，读来味同嚼蜡了。

尽管《三国演义》存世明代刊本不算少，在分卷、分则或者分回以及文字细节等方面，也往往被认为存在着比较复杂的版本类别，但总体上来看，各种明代刻本之间并没有特别大的不同，相比不同版本的《水浒传》之间存在着征田虎、征王庆情节之有无这种整体性的显著差异，简直可以忽略不计。总之，无论是分为二百四十则，还是一百二十回，内容基本上是一致的。而毛宗岗评本《三国演义》既然是以李卓吾（一般认为是叶昼伪托）批评本为工作底本，也就延续了将全书分为一百二十回的做法。

虽然毛宗岗也删除及改写了全书许多片断，但他并没有像金圣叹那样，腰斩《三国演义》。好吧，问题来了。既然删改、腰斩不过是看上去有些极端的阅读体验而已，那么，同样作为读者，我们是不是也有权利，可以像毛宗岗那样，按照自己的想法来删改？更进一步，我们是不是可以像金圣叹腰斩《水浒传》那样，去腰斩《三国演义》呢？如果答案是肯定的，那么，你会选择从哪里斩下去呢？

1. 一统乾坤归晋朝

以嘉靖本为代表的明代刻本《三国演义》，全都是以"后汉桓帝崩，灵帝即位"，窦武、陈蕃谋诛宦官，事泄被杀，天示灾异为开始，以魏主曹奂、蜀主刘禅、吴主孙皓先后亡殁，三国归于晋司马炎为结局。就像说书终场一样，全书结束后另附古风一首，虽然一般读者未必有兴趣去读，但这的确是对小说所述三国故事的总结陈词：

高祖提剑入咸阳，炎炎红日升扶桑。

光武龙兴成大统，金乌飞入天中央。

哀哉献帝绍海宇，红轮西坠咸池旁。

何进无谋中贵乱，凉州董卓居朝堂。

王允定计诛逆党，李催郭汜兴刀枪。

四方盗贼如蚁聚，六合奸雄皆鹰扬。

孙坚孙策起江左，袁绍袁术兴河梁。

刘焉父子据巴蜀，刘表军旅屯荆襄。

张燕张鲁霸南郑，马腾韩遂守西凉。

陶谦张绣公孙瓒，各逞雄才占一方。

曹操专权居相府，牢笼英俊用文武。

威胁天子令诸侯，总领貔貅镇中土。

楼桑玄德本皇孙，义结关张愿扶主。

东西奔走恨无家，将寡兵微作羁旅。

南阳三顾情何深，卧龙一见分寰宇。

先取荆州后取川，谋霸图王在天府。

呜呼三载逝升遐，白帝托孤堪痛楚。

孔明六出祁山前，愿以只手将天补。

何期历数到此终，长星半夜落山坞。

姜维独凭气力高，九犯中原空劬劳。

钟会邓艾分兵进，汉室江山尽属曹。

丕叡芳髦才及奂，司马又将天下交。

受禅台前云雾起，石头城下无波涛。

陈留归命与安乐，王侯公爵从根苗。

纷纷世事无穷尽，天数茫茫不可逃。

鼎足三分已成梦，一统乾坤归晋朝。

　　这首诗相当直白，说的是汉高祖凭着一把斩蛇剑开创基业，抢在项羽前面进入秦朝的都城咸阳，最终像一轮红日出扶桑那样，位为至尊。往后前汉在王莽手上终结，光武帝起兵中兴汉室，再统天下，又如太阳（传说太阳中有三足乌鸦，"金乌"就是指太阳）升空一般，登上皇位。到献帝继承大统的时候，就如太阳落入咸池（咸池是中国古代神话中日浴之处）一般，汉室气数已尽。可惜何进谋略不足，未能剿灭宦官，而枉自丧命，引入的董卓更乘机窃取了权力。虽然王允设计杀了董卓，但董卓的党羽李傕、郭汜以复仇的名义重又兴兵前来。普天之下，贼兵蜂起，奸雄云涌，孙坚孙权、袁绍袁术等众多诸侯割据一方。后来，曹操受召，位至丞相，手下既富有文臣武将，又挟天子以令诸侯，逐渐讨平了中原。而出身楼桑的刘备，虽有结义兄弟关羽、张飞二人扶持，但颠沛流离，居无定所，好不容易得到南阳卧龙先生襄助，一策定了三分，取荆州，图西川，终于也成就了一番霸业，早早地称王称帝。可惜好景不长，刘备死于亲征，在白帝城托孤给诸葛亮。秉承先帝遗志，诸葛亮六出祁山，终究未能改变天数。姜维继起，九犯中原。结果在钟会、邓艾分兵进击之下，蜀汉灭亡了。而从曹丕称帝开始，也不过五代，就被司马氏所篡夺。曹、孙、刘三家的末代子孙还好，给封了陈留王、归命侯、安乐公等爵位，算是得了善终。虽然三家争战，但天数不可违，最后都灭亡了，天下一统于晋。总而言之，汉末各路奸雄相争相并是这部小说的主要内容，从白身到帝王，在风云之中成长起来的孙、刘、曹，图王霸业的美梦转瞬之间就烟消云散，辛辛苦苦打下的那一分江山终于也成了他人的嫁衣，三分归于一统，显现出一种冷酷的天道轮回感。

毛宗岗评本不仅延续了这一分合叙事，也保留了这首古风。不过，古风开头提到的刘邦创业、刘秀中兴等汉朝往事，并非小说讲述的内容。这个问题，细心的读者自然不会看不见。怎么办？毛宗岗并没有把这几句话一删了之。相反，为了与这一结尾诗相呼应，他在整个故事开始的地方，增加了几句：

天下大势，分久必合，合久必分：周末七国分争，并入于秦；及秦灭之后，楚、汉分争，又并入于汉；汉朝自高祖斩白蛇而起义，一统天下，后来光武中兴，传至献帝，遂分为三国。推其致乱之由，殆始于桓、灵二帝。桓帝禁锢善类，崇信宦官。

宦官乱政是明代中晚期以来的政治痼疾。对包括毛宗岗在内的读者来说，小说这样的开端无疑是符合当时情形的切身感受。而明末天下大乱，清人入关又一统江山。天下分合之势的表述，既是基于自己所见所闻而发的感慨，也与古风所表达的观念相当接近。这或许也是毛宗岗不舍得删除刘邦、刘秀之事的原因之一吧。而为了将斩蛇起义、中兴汉室完美地嵌入开头，就只好往前追溯历史发展的脉络。不过，三皇、五帝、夏、商、周，虽然有些征战故事流传，却不太适合放进分久必合、合久必分的筐子里来。这些话头真要说起来，对他的分合判断非常不利，于是毛宗岗评本呈现在读者面前的，就只是对他有利的话。

这并不是他坐在书桌前凭空想出来的。《三国演义》的一个明代版本（郑少垣联辉堂刻本），书前扉页上刻出的名字叫作《刻三国志赤帝余编》，紧接着后面的序言则

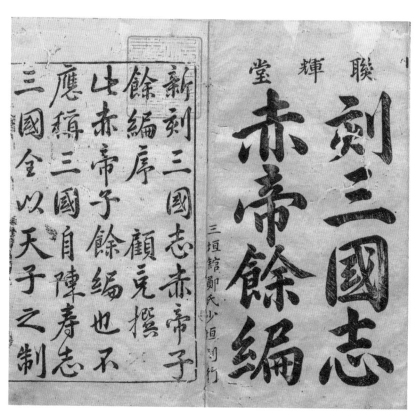

明郑少垣刻本《刻三国志赤帝余编》扉页

日本国立公文书馆藏

是《新刻三国志赤帝子余编序》，序中特别强调了这部书叫"三国"是从陈寿撰写史书以来就搞错了，不应该以曹魏为正统，而应该遵从汉室的正统，所以要取一个新的名字，叫"赤帝子余编"。这种正统观念是从史书《三国志》到小说《三国演义》的阅读史中争论不休的问题。不同时代的读者，站在自身的立场，面对自己时代的问题，往往作出不同的选择。今天的中国当然早已不是帝制国家，今天的中国人也犯不着学着古人的样子。实际上，除了传统的曹、刘之争外，今天的读者选择站在孙吴一边的也大有人在，可以知道，很多时候这种选择与传统臣子的正统观念并没有太大关系，纯粹是从自己对三方豪强的个人好恶出发而已。因此，我们大可不必继续纠结于这样的话题。书名中的"赤帝子"指的是汉朝的创立者高祖刘邦。这个说法来自他的创业神话：刘邦晚上喝醉了，看见路上横卧着一条白蛇，便挥剑斩杀，第二天便有一位老妇人逢人哭诉，说赤帝子昨晚斩了我儿白帝子。这就是古风以及毛宗岗评本开头提到的斩白蛇而起义的故事。"赤帝余编"这样的书名，如果不考虑小说中刘备也姓刘，并且号称是汉宗室后代，而蜀汉也被说成是继承汉朝正统的话，说的其实就是发生在汉朝快要灭亡时候的这段群雄逐鹿之事。讲汉朝的事，从开基老祖宗刘邦开始，当然名正言顺，尽管这可能只是明代书商的一种营销策略。

虽然《三国演义》不是讲汉兴之事，不可能花费篇幅去详细讲述刘邦创业的故事，但除了最后的那首古风之外，在写刘备三顾茅庐时，也多次通过附加诗歌的方式，提到汉高祖之事。刘备前往隆中寻访诸葛亮，听到路边酒店有人高歌，其中一人唱道："吾皇提剑清寰海，一定强秦四百载。桓灵未久火德衰，奸臣贼子调鼎鼐。青蛇飞下御座旁，又见妖虹降玉堂。群盗四方如蚁聚，奸雄万里皆鹰扬。"与结尾的那首古风不论是内容还是用典、用语都几乎一样，毛宗岗评本除了删改了个别字句外，也把它几乎完整地保留了下来。

小说写诸葛亮感念刘备三顾之恩，答应出山襄助时，也附加了一首诗，高度评价隆中定策。与结尾的古风类似，这首古风的开头也说："高皇手提三尺雪，芒砀白蛇夜流血；平秦灭楚入咸阳，二百年前几断绝。大哉光武兴洛阳，传至桓灵又崩裂；献帝迁都幸许昌，纷纷四海生豪杰。曹

刘玄德三顾草庐

金协中绘

操专权得天时，江东孙氏开鸿业；孤穷玄德走天下，独居新野愁民厄。南阳卧龙有大志，腹内雄兵分正奇。"再一次强调高祖创业以至乱世纷纭，刘备孤穷不能扶汉，需要得到诸葛亮这样的旷世奇才，才终于可以咸鱼大翻身，正式走上争霸之路。由于明代刻本这样反复地将高祖之事融入刘备故事的讲述进程之中，站在蜀汉一边的毛宗岗自然有充分的理由，去修改开头，而不是删改结尾。

不过这样看来，好像就没有刘秀什么事儿了，但为什么不仅明代刻本中的诸首古风，毛宗岗评本也非要把光武帝给拉上？难道像赤帝的说法那样，只是因为三国之事发生在东汉末年？

如果我们把视线向前延伸，不难发现，与明代的《三国演义》类似，元代《三国志平话》也采取了天道轮回的结构，或者如毛宗岗所说的分合结构。开始的时候看上去似乎跟三国故事没有什么关系，讲的是白水村刘秀起兵平了天下，建都洛阳，是为东汉的第一个皇帝光武帝，由此引起开放御花园，供万民观赏之事。其中一个赏花的书生，名叫司马仲相，坐在树荫底下，喝了点酒，拿出一卷书翻开，看到秦始皇，忍不住咒骂老天真是没眼，怎么让这么个无道的昏君统治天下。倘若上天愿意交给他司马仲相来作天子，绝不会搞到天下交兵，生民涂炭。本来不过是一通牢骚而已，谁知道举头三尺有神明，被玉皇大帝知道了，这后果可是相当严重。不是骂老天不公平吗？玉皇大帝就下令让司马仲相入阴司，代替阎王爷作冥界天子，审理案件，看他能不能做到公平、公正、公开（与这种想法类似，传说宋代的包公具有白天审理活人案件、晚上审判鬼的案件的特殊能力，明代讲述包公判案的小说、戏曲，就不乏入阴司判案的故事）。司马仲相坐了报冤之殿，便有韩信、彭越、英布三人前来告状喊冤，经审理后上报玉皇大帝，最终判决这三位被刘邦、吕后设计杀害的开国功臣转世为曹操、刘备、孙权，三分了汉家天下，而司马仲相因为审案有功，转世为司马仲达（司马懿字仲达），结束了三国纷乱，一统乾坤。

《三国志平话》描述韩信、彭越、英布跑到新任阎王跟前来告状，也并不是凭空杜撰。与《三国志平话》一起被保存下来的元代刊刻平话故事还有几种，包括《武王伐纣平话》《乐毅图齐七国春秋》《秦并六国平话》《续前汉书平话》等，属于系列出版物。其中，《秦并六国平话》又叫《秦始皇传》，虽然主要是说统一六国之事，但已讲到楚汉相争了；而后一本紧接着讲汉代故事，书名中便有个"续"字。《续前汉书平话》在扉页的中间另刻了一个书名，叫作《吕后斩韩信》，明确告诉大家这部书虽然一直讲到文帝登基，但核心内容则是讲刘邦、吕后设计杀害韩信、彭越、英布等功臣之事（这个历史事件影响很大，其故事在宋元时代很受欢迎，比如宋代话本小说、明代戏曲讲述张良辞官修仙，主要就是对刘邦杀害韩信等功臣强烈不满，告诫人们谨记"狡兔死，走狗烹；飞鸟尽，良弓藏"的道理，功成后要及时身退，切莫贪恋荣华富贵，误了卿卿性命）。也就是说，《三国志平话》安排韩信、彭越、英布等人告阴状，转世为孙、刘、曹，不过是接着讲，用说书人的话来说，就是"书接前文"。

这个看上去相当神奇的故事，一直在民间流传，不仅《五代史平话》转述过，明代苏州文人冯梦龙也采集了这个故事，放进他主编的短篇小说集《喻世明言》，取名叫作《闹阴司司马貌断案》。到了清代，一位自称"醉月主人"的人把这个故事又改写一番，作为一部独立的小说出版，取名叫作《司马貌断狱》，因为小说中讲玉皇大帝只给他半天时间体验生活，所以也叫作《半日阎王传》；又因为是讲述三国分立的因果，所以这部小说的另一个版本，书名叫作《三国因》，算是补足明代小说《三国演义》所缺失的那一部分吧。从三国故事的发展脉络来看，小说《三国演义》虽然没有保留这个故事，但前面我们提到的那几首古风和毛宗岗的改写都一再提到光武中兴，也许可以算是仅有的一丁点儿残留吧，尽管已经完全看不出来了。

话又说回来，毛宗岗对结尾那首古风也不是完全没有动刀，他把最后一句改成了"后人凭吊空牢骚"。如果对照明代版本，其实"一统乾坤归晋朝"更符合他的合久必分、分久必合的理论。为什么要改成这么一句看上去毫无意义的话？这就不能不说到他在整个故事的开头，还加了一个开头，即后来被电视剧《三国演义》改编为主题曲的那首《临江仙》词："滚滚长江东逝水，浪花淘尽英雄。

民国人花元所绘
《赤壁赋图》

是非成败转头空，青山依旧在，几度夕阳红。 白发渔樵江渚上，惯看秋月春风。一壶浊酒喜相逢，古今多少事，都付笑谈中。"显然，这就是后人凭吊所发的牢骚。

这首《临江仙》，看上去是从苏轼的名作《念奴娇·赤壁怀古》（主要是上阕"大江东去，浪淘尽，千古风流人物。故垒西边，人道是，三国周郎赤壁。乱石穿空，惊涛拍岸，卷起千堆雪。江山如画，一时多少豪杰"）演化而来，似乎是为三国故事量身定制，其实出自明代杨慎编撰的通俗历史读物《廿一史弹词》（也叫《历代史略十段锦词话》），是为其中的第三段《说秦汉》所作开场词。由于那一段已经唱到汉献帝，并以曹操起义兵以至曹丕篡汉称帝为终，所以毛宗岗选择把它移到讲述汉末三国纷争的《三国演义》开篇来，似乎也没有什么特别明显的乱入感。尽管如此，词句表达的自古图王霸业事，都在渔樵谈话中，其实是《廿一史弹词》全书一贯的想法，就如该段的终场词《西江月》："落日西飞滚滚，大江东去滔滔。夜来今日又明朝，蓦地青春过了。 千古风流人物，一时多少英豪。龙争虎斗漫劬劳，落得一场谈笑。"几乎在其他的每一段都可以见到类似表达，中心意思不过是说刚才讲唱的那些惊心动魄的豪杰纷争之事，只不过是供人茶余饭后笑谈的弹词说唱而已。

虽然许多人都愿意相信，渔樵闲话有着深刻的哲学寓意，充满了道家的生存智慧，像明代杂剧《若耶溪渔樵闲话》所充分表达的那样。但真相却是，这首词中的渔樵，如果放回《廿一史弹词》这个整体中去，原本只是借指弹词的两位搭档表演者（《西游记》中的渔樵对唱更为明显地具有表演性质）。当然，单从词作本身来说，渔樵也大可以看作相遇于江渚之上的两位老友。既已久经世事，又且惯熟古今，两位白发老人酒酣之余，纵论天下。既有兴，就有败，世间的风云不为人的意志所转移，就像长江日夜东流去，后浪推前浪，不复回还，无有尽时。

有趣的是，《廿一史弹词》接下来的第四段《说三分两晋》讲述的才是真正的三国故事。这一段的开场词《西江月》："道德三皇五帝，功名夏后商周。英雄五伯斗春秋，秦汉兴亡过手。　青史几行名姓，北邙无数荒丘。前人田地后人收，说甚龙争虎斗。"虽然只讲到汉亡，但按照朝代先后以及说唱表演的顺序，其实也就数到了三国两晋。那样一番龙争虎斗，辛勤耕耘的田地，到头来让后人收获去了，也就是三分归一统。而无论你强我弱，三国争战，名将风流，终究不过是落得北邙山上一抔荒土，成为弹词笑谈中事。应当说，这首词还是挺符合天下大势分合理论的，但毛宗岗却并没有选择它，大概觉得只是扳指头数数，太平淡无奇，没有美感，而且也并没数出三国，单独拿过来，也不够味道吧。单田芳播讲评书时倒是采用了这首词，只不过改作了《楚汉争雄》的开场。其实，上海嘉定明代古墓出土的成化刊本说唱词话《花关索传》（传说花关索是关羽的儿子）开头就是"自从盘古分天地，三皇五帝夏商君。周朝伐纣兴天下，代代相承八百春"，接下来用很长的篇幅讲秦并六国，二世而亡，楚汉相争，王莽篡汉，光武中兴，一气儿讲到汉献帝时天下三分。

总而言之，通过这些细节的调整与安排，毛宗岗鲜明地表达了自己对《三国演义》故事结构完整性的坚定立场。汉家三分，再合而为晋，完美！毛宗岗是没办法下刀的。

2. 但愿同年同月同日死

宋元时代的话本小说管前面的引子或者序章叫作"入话"。入话的内容与主体故事（"正话"）可以相关联，也可以没有关系。通常认为，入话源自说书艺人正式表演前的暖场演出，叫作"得胜头回"，也称作"小书"或者"短书"（大鼓书称作"小段"）。这一部分内容，既可以是同一个人表演，也可以是另一个人表演。我们前面介绍的司马仲相判案故事，就相当于入话。《西游记》虽然不是话本小说，但在正式讲述唐僧师徒西行取经之前，就有孙悟空出身故事、唐太宗入冥故事（也许还可以包括清代版本补充的陈玄奘出身故事）等在内容上比较具有独立性的部分，相当于话本小说中的入话，只不过篇幅比较长而已（相比全书一百回的篇幅那还是很短的）。

《三国志平话》在司马仲相判案结束后，"话分两说"，讲了一个华山崩摧、泰山地陷的灾异故事，看上去与《三国演义》讲述温德殿出现青蛇等灾异相似，都是想要表明天下即将大乱（古人认为蛇有鳞片，就像穿了铠甲一样，皇宫出现蛇，象征天下交兵）。不过，与《三国演义》突兀地插入张角上山采药遇南华老仙授予天书不同，《三国志平话》中泰山地陷形成的那个车轮大小的地穴，与接下来要讲述的孙学究得天书故事密切相关。

话说离泰山地穴不远有一个村庄叫作孙太公庄，有位孙学究因感染癞疾，独自住在庄外茅草屋中。他感到自己被家人嫌弃，决定跳下地穴，了结残生。结果下面别有洞天。他一路前进，看到一条三尺巨蟒。大蟒蛇当然也看到了他。"哟！还真没见过人。"大蟒蛇立马吓跑了，留下了一个石匣子，里面是一卷天书（医书）。类似这样洞穴中得天书的故事，在元明之际的俗文学中形成一种模式。人们比较熟悉的还有《水浒传》中宋江在九天玄女庙进入仙境，得九天玄女授予天书（兵法）的故事。明代说唱词话《云门传》中李清用绳索把自己放入云窟，进入云门山洞府，在神仙书架上取得一册仙书（医书）的故事（冯梦龙将其改写为《李道人独步云门》，收入他主编的短篇小说集《醒世恒言》）。此外，冯梦龙在罗贯中原作基础上增补、改写而成的《北宋三遂平妖传》中，也有蛋子和尚在白云洞盗得天书（法术）的故事，只是稍有些改变。而《三国演义》显然有意避开这一洞中俗套，改为山中遇仙。在地穴得到天书后，孙学究不但治好了自己的病，还广收徒弟，其中之一就是张觉（与"角"读音相同）。张角黄巾之乱既是东汉末年的历史事件，也是小说中刘备、关羽、张飞三人相遇的机缘。

与《水浒传》不同，刘备、关羽、张飞作为《三国演义》这部小说的主角，明代版本中在第一则《祭天地桃园结义》即全部出场。毛宗岗评本因为把两则合为一回（《宴桃园豪杰三结义　斩黄巾英雄首立功》），导致第一回还出现了曹操、董卓，容易使读者忽略小说的主角设定。《三国志平话》除去上面说到的那些入话的部分，差不多也是从一开始就把刘备、关羽、张飞抛出来的，可知这很可能是"说三分"表演中就已经形成的固定框架。

在讲述黄巾乱起、朝廷慌乱之后，《三国志平话》没有作任何铺垫，突然就说有一个从解良亡命逃到涿郡的人，名叫关羽；又有一个当地的土豪，叫作张飞。一天，

宴桃园豪杰三结义
金协中绘

张飞闲来无事，站在家门口，看街上的行人。恰好关羽走过，张飞觉得此人长相不俗，很是顺眼，就把他叫住，上酒馆喝酒。这时候一个叫刘备的，刚卖了草鞋，进酒馆来买酒。张飞、关羽二人见他长相奇特，就邀来一起喝。喝完换地方，到张飞家后面桃园的小亭子接着喝，开心啊，立马决定杀黑牛白马，祭天地，拜把子，结为异姓兄弟。那之后，又过了几天，张飞才跟关羽、刘备提起招买义兵的事。《花关索传》更是跳过三人结识的场景，直接讲三人在青口桃源洞姜子牙庙（姜子牙是武神）中杀黑牛白马，祭天地，结拜为兄弟。结拜后，刘备说自己没有家小，没有留恋，可以一往无前，让关羽、张飞互杀家小，以绝后顾之忧，然后到兴刘山落草"替天行道作将军"。而关羽家小被杀十八口，妻子胡金定刀口余生，逃走后生下花关索。这看上去很残忍，但却是全世界各民族英雄史诗中都能够见到的出身情节。

关于三人相遇的故事，杂剧《刘关张桃园三结义》采用的也是具有英雄史诗色彩的传说。蒲州府尹乘着天下大乱，打算起兵造反，礼请关羽担任他的领兵元帅。

关羽不愿谋逆，借机杀了府尹，流落涿郡。当地屠户张飞开了个肉铺，把刀放在千斤石下，说谁能搬动石头取刀，谁就可以买肉不要钱。他走后，关羽来买肉，轻松搬起千斤石，并执意付钱，说不收钱不要肉。张飞一来欣赏他力能千斤，是个汉子（剧中夸赞他有项羽之能；小说《闹阴司司马貌断案》说他本来就是项羽的转世，改姓不改名而已），二来觉得他忠厚本分，是个好人，就找到关羽，结为兄弟。一天，二人上街闲逛，恰好遇到卖草鞋的刘备。关羽觉得刘备长相奇特，就鼓动张飞请他喝酒。几杯之后，刘备醉倒，有赤练蛇从嘴里出来，又钻进耳朵。关羽大惊，认为这是大富大贵之相，跟张飞商量，把刘备叫醒。得知他是汉宗室后人，二人便尊他为兄长。之后，择日在城外的桃园杀黑牛白马祭天地，三人正式结拜，并受诏起兵讨伐黄巾。

《三国演义》虽然采纳了桃园结义的故事，但既没有照搬《三国志平话》，也与杂剧《刘关张桃园三结义》不同。尽管人们认为毛宗岗的评点纠缠于文章写法的讨论，有着太过浓厚的八股文习气，很不以为然，但《三国演义》在写作上确实是比较讲究的。小说第一回在介绍黄巾之乱后，就"花开两朵，另表一枝"，说有"张角一军，前犯幽州界分"，太守出榜招募义兵。"榜文行到涿县，引出涿县中一个英雄"，这个人就是刘备。小说以第三人称视角描述刘备"身长七尺五寸，两耳垂肩，双手过膝，目能自顾其耳，面如冠玉，唇若涂朱"，并介绍他的出身，算是主角出场设定。他上街卖草鞋，得以看见榜文。应当说，这是很巧妙的安排，因为这一看一叹，很自然地就引出身后的张飞。而且未见其人，先闻其声，张飞的暴脾气跃然纸上。当然，通过看榜，进而与身后之人相遇，并不是什么别出心裁的创造。《水浒传》写鲁提辖三拳打死镇关西后，逃到雁门县，在十字街头看榜，被金老儿认出，拦腰抱住，扯了去。单田芳播讲的《乱世枭雄》也安排了张作霖在逃看榜的情节，可见是很受到古今说书人欢迎的桥段。

《三国演义》以刘备回身观看，用第一人称视角描述张飞："身长八尺，豹头环眼，燕颔虎须，声若巨雷，势如奔马。"二人在酒馆，看到关羽进店买酒，又以刘备之

刘备

关羽

张飞

毛宗岗《绣像第一才子书三国志演义》中的刘、关、张图像

毛评本每幅图像旁边的图赞，如果抛去其中的意识形态色彩，还是颇为
准确地概括了每个人的性格和平生功业。如刘备："承献皇之命，任廓
清之权。倡义徐州，奸雄挫胆；敷仁西蜀，百姓归心。"关羽："神威能
奋武，儒雅更知文。天日心如镜，春秋义薄云。"张飞："虎牢关上声光
震，长板桥边水逆流。义释颜严安蜀境，智败张郃定中州。"

眼的第一人称视角描述关羽："身长九尺，髯长二尺，面如重枣，唇若涂朱，丹凤眼，卧蚕眉，相貌堂堂，威风凛凛。"《三国志平话》《刘关张桃园三结义》或让他第一个出场（并在附刻的图像中称他为"关王"），或用四分之一的篇幅（头折）搬演他在蒲州杀府尹之事，虽然都很重视关羽，但基本上都是以关羽、张飞二人相识作为铺垫，隆重推出久后必然贵不可言的汉室苗裔、中山靖王之后刘备。到清代宫廷戏曲《鼎峙春秋》，虽然预先为刘备、关羽独自安排了出场戏，讲述刘备兴复汉室的抱负（第三出《中山帝胄图恢业》）和关羽除暴安良的事迹（第五出《韩秀才时行祭扫》、第六出《关夫子夜读春秋》），但在第七出《萍踪合酒肆订交》，仍然采用了张飞、关羽、刘备的出场顺序。而《三国演义》调整出场顺序，似乎是想站在"先主"刘备的立场，强调他识英雄、重英雄的王朝创业者能力，从而替代张飞（他既是酒局的东家、结义的发起者，又是招募义兵、打造兵器的金主），成为桃园三人组的真正核心。而清末民国时期刊刻的俗曲唱本《桃园结义》虽然也是从酒店相遇开始，但内容主要是关羽事迹，并且只唱到关羽死后显灵杀死吕蒙就结束了，显然是站在

连环画对桃园三结义的表现

出自上海人民美术出版社《三国演义》

关羽立场来看"桃园结义"。清代善书《桃园明圣经》也以关羽之眼，看刘、张二人相貌不凡。

桃园结义想要表现的是三人永结同心，共同进退。作为一个歃血为盟的仪式，其核心则是三人的誓词："念刘备、关羽、张飞，虽然异姓，结为兄弟。同心协力，救困扶危。上报国家，下安黎庶。不求同年同月同日生，只愿同年同月同日死。皇天后土，以鉴此心。背义忘恩，天人同戮！"其中，"不求同年同月同日生，只愿同年同月同日死"是誓词的核心，同时也是理解小说故事结构的关键。实际上，《三国志平话》中的立誓就只有这一内容，《花关索传》《刘关张桃园三结义》虽然把乌牛、白马等都写进誓言或者祝文，但核心内容也是这一句，并且《刘关张桃园三结义》还添加了"一在三在，一亡三亡"的补充条款（杂剧《关云长单刀劈四寇》《张翼德大破杏林庄》《张翼德单战吕布》等都有这一内容，可见是元明之际的通识，后来《鼎峙春秋》也沿袭了这一内容），直截了当地点出了三人的结局。

尽管三人历经讨黄巾、讨董卓、徐州争战、荆州争战、赤壁之战、平西蜀等流徙千里、惊心动魄的"兴复汉室"之旅，中间还闹出过关羽降曹及古城会张飞欲杀不义的小插曲，算是对兄弟情的一次临场检验，但最终在关羽大意失荆州，身首异处之后，张飞、刘备不顾诸葛亮等人阻拦，起兵复仇，双双证义，三人共赴黄泉，信守了誓言。《三国志平话》中刘备听到关羽的死讯，即说"我思桃园结义，弟兄三人共死泉下，有何不可"。关汉卿杂剧《关张双赴西蜀梦》说刘备"但合眼早逢着翼德，才做梦可早见云长"，张飞的鬼魂唱"叙故旧，厮问候，想那说来的前咒，桃园中宰白马乌牛"。《三国演义》写刘备垂死，也是仿佛见到关羽、张飞，大惊，关羽说："臣非阳人，乃阴鬼也。盖谓平生不失信义，上帝敕命为神。哥哥将与兄弟聚会矣。"

到此时，诸多英豪猛将或战死、病故，或垂垂老矣，三位主角也一同退场，全书最精彩的三国创业故事已经全部讲完。毛宗岗评论说："自桃园至此，可谓一大结局矣。"读《三国演义》到此，可以掩卷了。这可并不只是他独自的感慨而已。按照这种阅读体会腰斩《三国演义》

的本子，也是真实存在的。根据《三国演义》改编而成
的弹词《三国志玉玺传》，一方面把刘备称帝移动到关羽
兵败被杀之前，以消除人们对刘备没有立即起兵复仇的
人品质疑（胡适、鲁迅等都觉得小说写刘备近于虚伪）；另
一方面将三人设定为天上星宿、天将下凡，反复说"二
个天星归二位，刘王大限也来临。若不同生愿同死，桃
园盟结重千金"，"刘王为怎（证）桃园义，愿死之时必
要行。曾誓同生并同死，三人失二我何存"，"三星原会
天宫去，不得凡间久住停"，强调三人同死是"天将临凡
期刻满"，"三人依旧回天界"，用很长的篇幅渲染三人之
死，去照应开头的桃园结义，然后以草草三百字让三国
归一统，结束了全书。

3. 长星不为英雄住，半夜流光落九垓

　　毛宗岗评本将二则合并为一回，形成了第八十五回
《刘先主遗诏托孤儿　诸葛亮安居平五路》这样"先主之
事自此终，孔明之事又将自此始"的混合章。尽管诸葛亮

并不是到第八十五回才登场的。

刘、关、张三兄弟长期征战，始终无处栖身，这样的命运在遇到诸葛亮之后发生了转折。自从檀溪一跃，刘备匹马逃生，便连连好运。先是遇见隐居修道的水镜先生司马徽，从他那里听说附近还有几位道士，其中就包括"伏龙（即卧龙）、凤雏，两人得一，可安天下"的消息（以鲁迅为代表的许多人都觉得小说写诸葛亮之智近乎妖，其实是忽略了元代以来的通俗文学和戏剧演出中，诸葛亮都是道士，小说只不过延续了这一传统而已）。之后靠了徐庶的一个胜仗作铺垫，刘备终于下定决心寻访卧龙。刘备有了诸葛亮，自认为"如鱼得水"，之后就开启了常胜模式。在那之前，刘备败多胜少，常常抛妻弃子，独自逃亡。关羽投降曹操的一个很重要的理由，就是要保护刘备独自逃生所遗弃的妻小。就小说的写作来说，刘备这种孤穷的形象，很大程度上是在模仿高祖刘邦。司马徽第二次向刘备推荐诸葛亮时，面对质疑，就说"可比兴周八百年之姜子牙、旺汉四百年之张子房"。张子房就是张良，是帮助刘邦建立汉朝的谋士。刘备得诸葛亮，可

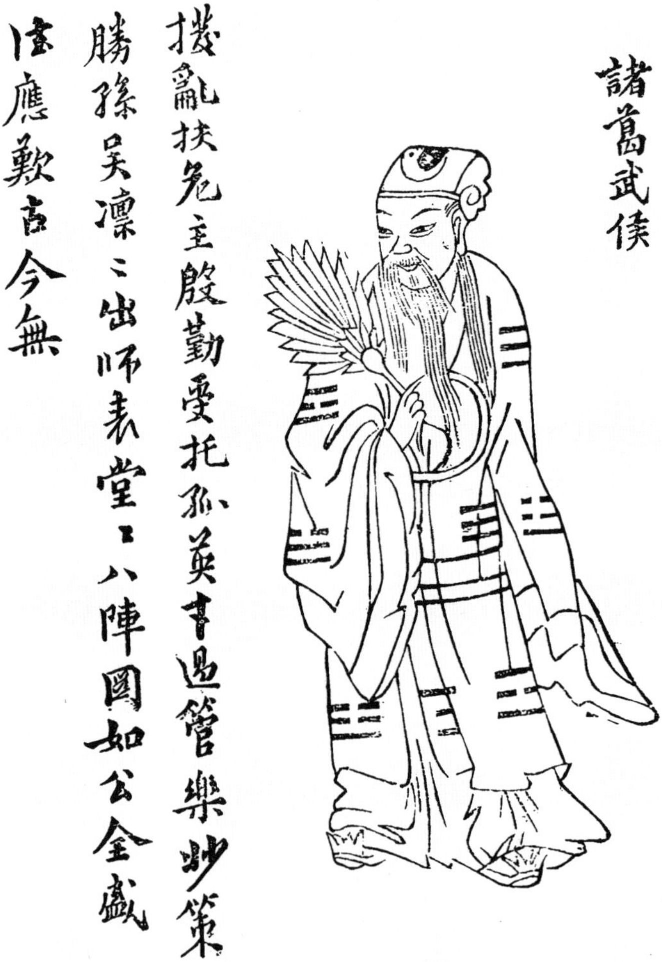

諸葛武侯

拔亂扶危主　殷勤受托孤　英才過管樂　妙策勝孫吳　凜凜出師表　堂堂八陣圖　如公全盛德　應歎古今無

诸葛亮

出自毛宗岗《绣像第一才子书三国志演义》，请注意其冠服上的太极八卦符号。

以说就是刘邦得张良的翻版。

　　人们一般愿意为小说中"三顾茅庐"一段描写大大地点赞，认为处处以为是，处处不是的情节设计塑造出刘备求贤若渴的圣君形象。不过，既然要司马徽亲自登门，二次举荐，刘备心中显然一直没觉得诸葛亮有多么的厉害，要不是徐庶不在了，哪有什么必要排除万难，亲自去寻访啊！而人们也认为诸葛亮要刘备三顾才见，而且让刘备在院子里干站着等他睡醒，是故意抬高自己。《三国志平话》就写诸葛亮故意让道童回复说他不在家。尽管毛宗岗批评说这是人们太俗，把诸葛亮想得太猥琐，但小说的描写确实会给人造成这样的印象。一错再错的桥段，既表现了刘备急切想要见到诸葛亮的心情，又增加了戏剧性，很适合场上演出的需要，应当说还是很成功的。可是细思则不然！刘备把人人都误看作诸葛亮，反过来也恰好说明他并没有鉴别人才的能力。不出所料，小说果然还给我们提供了一个可作对比的例子。尽管早就听过"凤雏"庞统的大名，刘备仅仅因为其颜值不高就怠慢他，只给了个小县令的官职了事。当然，孙权出于同样的原因怠慢庞统，但小说另补充说孙权对庞统轻视周瑜这点很不满意。而曹操也因为长相丑陋怠慢张松，但小说事先说明曹操因为战胜了马超，生出睥睨一切的傲慢之心。刘备没有甩锅的对象，要怪就只能怪庞统自己，谁让他想试试刘备有没有眼光，故意揣着两封介绍信不拿出来。面对这样的"明主"，如果诸葛亮不卖点关子，轻易就出来相见，想来也未必会受到多少尊重（诸葛亮的颜值还是不低的）。实际上，刘备的结义兄弟关羽、张飞二人就一直轻视诸葛亮，直到火烧博望坡，才"下马拜伏于车前"。就是刘备自己，在诸葛亮从容部署的时候也是满腹疑虑，怀疑这位他千方百计求来的军师是不是名过其实。当然，按照元代杂剧《诸葛亮博望烧屯》中诸葛亮出场时自报家门的说法，他之所以两次不见刘备，是"盖为世事乱，龙虎交杂不定"，不确定刘备是不是真龙天子。果然刘备第三次到访，被他看出只有三年皇帝命。只是突然看到阿斗，知道他将来有四十年的天子命，诸葛亮才答应出山。

在得到桃园三人组认可之后，诸葛亮一路建功，几乎以一人之力缔造了抗击曹操百万雄兵的大业。赤壁一役也

白帝城刘备托孤
金协中绘

从历史上周瑜的成名战，变成了文学作品中诸葛亮的高光时刻。往后占据荆州，夺取西蜀，直到刘备称王称帝，协助三人组完成自桃园以来的创业之旅，一切都顺理成章，似乎不费吹灰之力。而到了三人组谢幕的最后时刻，刘备托孤说"若嗣子可辅则辅之，如其不才，君可自为成都之主"，诸葛亮"汗流遍体，手足失措，泣拜于地"。小说这样写，无疑是想表现君臣之间的知遇（这是古代文人的理想），为诸葛亮后来"为知己者死"埋下伏笔。

但这样写也让读者很是疑惑，诸葛亮这到底是恐惧还是感激？毛宗岗已经读出了其中的奥妙，而他的评论竭力从真心、假意两方面来为刘备、诸葛亮辩护，则只能是欲盖弥彰，顶多骗骗自己而已。

小说紧接着就写诸葛亮装病在家，像太上皇一样，让身为皇帝的后主亲自登门（作为诸葛亮在曹魏的镜像，司马懿也干过同样的事情，但小说并没有写魏主登门）。这一方面，当然是想说刘禅确实按照刘备遗命尊诸葛亮为相父，二人亲密无间；但另一方面，也表明二人君臣伦序已经紊乱，呼应了先主托孤之语，为后主的猜忌埋下伏笔。当时吴太后也要登门的，只是被劝阻了，理由正是有失体统。诸葛亮的北伐，就曾因谗言说他谋反，不得不紧急终止，奉诏班师。而他回朝后，越过后主，诛杀宦官，从忠君爱国的诸葛亮立场来看，当然是除奸邪、"清君侧"；但如果我们站在后主的立场来看，那么，在刘禅的心里，肯定是觉得皇权不彰，自己被"相父"压制到无法呼吸了。后来姜维同样因谗回朝，就不敢越权，而是按照臣子的本分奏请皇帝诛杀宦官，后主则毫不犹豫地保护自己的身边人，说："黄皓乃趋走小臣，纵使专权，亦无能为。昔者董允每切齿恨皓，朕甚怪之。卿何必介意？"在丞相诸葛亮那里失去的，后主在大将军姜维身上找了回来。毛宗岗评论说刘禅"此间乐，不思蜀"的名言是充满求生欲的聪明做法。脑子这么好使的后主，所谓"昏聩治国"大概率是对诸葛亮阴影的一种心理补偿。

这里要再次强调，尽管此段托孤的原型是《三国志》诸葛亮传，但《三国演义》终究是小说。既然是文学创作，就应该从文学作品本身来解读，而不应该把史书阅读得到的人物印象与小说塑造的人物形象混为一谈。实际

孔明星陨五丈原
金协中绘

上，即便是史书的记载，学者们也已经指出，像这样的托孤之辞并不是蜀汉的独家，孙策临终时对张昭也有类似的表达，在那个时代就是一种常用于威慑权臣的习惯用语，"说到底，任何一个创业的雄主，都不会将基业拱手与人的"（金性尧《饮河录·刘备孙策托孤语》）。

托孤之后，除插入的曹丕征吴一节外，毛宗岗评本有近二十回，都是以诸葛亮作为主角的南征北讨故事，一直到五丈原，诸葛亮祈禳失败，没有实现问天借命的愿望，将星终究陨落，全书又告一段落。这样的篇幅，相当于《水浒传》的所谓"鲁十回""武十回"（这是人们对鲁智深故事、武松故事的称呼，认为它们原本是独立流传的故事），有可能来自口头传承的诸葛亮传说。这段征伐故事，一方面全方位展现诸葛亮用兵如神，另一方面也令硕果仅存的名将包括诸葛亮在内尽数陨落，兴复汉室已然无望，甚至连诸葛亮的强劲对手司马懿也退出了战场。如果说诸葛亮在蜀汉创业过程中登场，在刘备去世后，仍有叙述他实践先帝遗志的必要，那么，到诸葛亮死后，"北定中原，兴复汉室，还于旧都"的理想剧就已经完全落幕了。《三国志平话》即在诸葛亮死后，以寥寥三百字匆匆写完司马篡魏、伐蜀之事，并以刘渊起兵伐晋结束全书（算是实现了兴复汉室的理想）；而为这最后的文字所配图像，正是《秋风五丈原》《将星坠孔明营》。

《三国演义》剩下的十五回，姜维与邓艾、钟会虽然各有精彩的表现，但多少让读者感到他们像是之前对阵双方的替代品，算是正式演出结束后的谢幕返场。而最后一回的"降孙皓"，更是全新的阵容，本身讲述得也很匆忙，明显是为了结束三分局面，不得不按照时间线叙述罢了。

疑点重重的关羽

人物画像一

二

关羽在小说诞生以前，就是民众崇拜的对象。小说《三国演义》则着重塑造他的忠义，而毛宗岗评本更加突出了这一点。不仅如此，毛宗岗意犹未尽，又在评论中把他与曹操、诸葛亮并列，称赞他是"义绝"。不过，毛宗岗评本文字虽然相对简洁，但为了突出人物的典型特征，删除了许多有损形象的细节。如果我们与明代版本对读，会发现关羽的故事原来还有许多隐含脚本。

1. 关羽何以流落涿郡？

史书《三国志》没有记录刘、关、张三人相遇之事，更没有什么桃园结义之说，只提到他们君臣关系融洽、情

俄罗斯藏黑水城出土金刻"义勇武安王"像

同手足而已。小说中则写刘备与张飞在涿郡村店饮酒，看到推车大汉关羽进来，刘备见其相貌不凡，邀请同饮，攀问其出身。关羽说他本是河东解良人，"因本处势豪倚势凌人，被吾杀了，逃难江湖，五六年矣"。意思是说关羽在家乡杀死了仗势欺人的豪强，犯下命案，为躲避缉捕，潜逃到了涿郡。然而，此案具体所为何事，是否如关羽所说是打抱不平，我们并不清楚。

《三国志平话》介绍关羽说"喜看《春秋左传》，观乱臣贼子传，便生怒恶。因本县官员贪财好贿，酷害黎民，将县令杀了，亡命逃遁，前往涿郡"。平话中，张飞像武松一样，翻墙进入太守宅院，杀死郡守一家及弓手二十余人，"血溅鸳鸯楼"（武松是为自己报仇，张飞则是替刘备出气）；都邮收押刘备后，张飞、关羽立即劫囚，将都邮碎尸示众，三人也率军落草为寇。关羽的出身是一个为民杀贪官的逃犯，很符合水浒好汉的设定。

杂剧《刘关张桃园三结义》也说关羽"平生正直刚强，文武兼济，喜看《春秋左传》，观其乱臣贼子，心生恼怒"，"因本州官吏贪财好贿，酷害黎民，常有不忿之意"。乍看起来，延续的是平话的说法，其实却另有故事。剧中说浦州的州尹臧一贯（谐音"脏官"）有谋逆之心，找衙中令史商议起兵，想请隐居的关羽担任手下领军元帅。关羽自诩"志气凌云胆量高，凤盔金甲锦征袍。丹心赫赫存忠正，竭力忘生辅圣朝"，明确表明自己忠于汉朝。他听州尹说要兴兵造反，便假意接受了宝剑，立即召集三军，说"但有泄漏军情、假称僭号、不尊朝命者，此剑诛之"，一剑斩了州尹，将令史及一衙之人尽数杀死，"他州他县，隐姓埋名去也"。

小说没有采纳这个彰显关羽秉性"忠义"的故事，可能是觉得在刘、关、张相遇的场合，不能让关羽的风头盖过久后将贵为人主的刘备；也可能想讲的其实是更为人们所喜闻乐见的除暴安良传说。清宫大戏《鼎峙春秋》就保存了这种口头故事的样貌。话说清明节，安平县秀才韩守义与妻子王凤仙一同外出扫墓，遇到当地的豪霸熊虎，妻子王氏被抢去。关公读《春秋》见乱臣贼子，心中不悦，上街散心，恰好遇到韩守义，知此不平之事，义愤填膺，便带着韩秀才去熊虎家，要抢回王氏。关羽一怒之下杀死熊虎，犯下命案，就将原来的名字"冯显，字寿长"隐藏，改名换姓为"关羽，字云长"，逃往他方去了。（第一本上第五出《韩秀才时行祭扫》、第六出《关夫子夜看春秋》）

2. 刺颜良是不讲武德吗？

史书《三国志》中关羽的传记虽然不长，但记录他的事迹也不算少，小说写作时也多有选取。其中，在白马之战于万军之中杀死袁绍的大将颜良，是历史上关羽所取得的战绩中，很值得夸耀的一件。当时袁绍派颜良攻击东郡太守刘延，包围了白马。曹操任命张辽和关羽为先锋。关羽远远看见麾盖，知道那是颜良，策马冲入敌阵，于万众之中，斩首以还，解了白马之围。曹操因此上表，请皇帝封关羽为汉寿亭侯。

《三国志平话》已经采纳这个故事，先写夏侯惇、曹仁战颜良不过，关羽刚好押运粮草来到，"出寨，掉刀上马，于高处顾颜良麾盖，认得是颜良盖，见十万军围绕营寨。云长单马持刀奔寨，见颜良寨中不做疑阻，一刀砍颜良头落地，用刀尖挑颜良头，复出寨，却还本营"。这个描述虽然与史书《三国志》的记载差别不是太大，但既然说到颜良寨中军兵不阻拦他，可能故事中原本还发生了些什么事情，可惜《三国志平话》太简略、草率，没有保留更多的细节。明初杂剧《关云长义勇辞金》则写夏侯惇战败，被颜良追击，关羽纵赤兔马上前，撞入七重围军帐，大吼一声，斩了颜良。

小说《三国演义》在类似《三国志平话》讲述的故事基础上，先是用吕布降将宋宪、魏续替换了夏侯惇、曹仁等曹营名将，让他们做了炮灰，再对关公刺颜良的细节作了进一步扩充：

公奋然上马，倒提青龙刀，跑下土山，将盔取下，放于鞍前，凤目圆睁，蚕眉直竖，来到阵前。河北军见了，如波开浪裂，分作两边，放开一条大路。公飞奔前来。颜良正在麾盖下，见关公到来，恰欲问之。马已至近，云长手起，一刀斩颜良于马下。中军众将，心胆皆碎，抛旗弃鼓而走。云长忽地下马，割了颜良头，拴于马项之下，飞身上马，提刀出阵，似入无人之境。

这段描述见于嘉靖本，其他明代刻本也基本一致，清代毛宗岗评本只是稍微改动了几处，特别是强调了"关公赤兔马快"，也就是给关羽刺颜良附加了一个解释，那就是马快！虽然关羽是靠了吕布的赤兔马，出其不意杀死了颜良，好像有那么点胜之不武的感觉，但他匹马入百万军确实令人惊叹。不过，更令读者觉得纳闷的恐怕是，颜良作为一位大将，看到关羽飞至，为什么不纵马迎敌，而是"欲问之"，难道是要等来将通名，大家客气一番之后再动手？那不就是说人家颜良还在那边等着裁判吹哨子，这边关羽就犯规抢跑了。真是不讲武德！

其实，这都怪毛宗岗删改了原文。明代的嘉靖本在讲完这个故事之后，还有一段小字解释说：

原来颜良辞袁绍时，刘玄德曾暗嘱曰："吾有一弟，乃关云长也，身长九尺五寸，须长一尺八寸，面如重枣，

电视剧《三国演义》（1994 年）中的经典关羽形象（陆树铭饰）

丹凤眼，卧蚕眉，喜穿绿锦战袍，骑黄骠马，使青龙大刀，必在曹操处。如见他，可教急来。"因此颜良见关公来，只道是他来投奔，故不准备迎敌，被关公斩于马下。（周曰校本列为补注，明代福建刻本改为正文，《三国志玉玺传》也据此描述颜良的心理活动。）

此后附诗评论也说："千万雄兵莫敢当，单刀匹马斩颜良。只因玄德临行语，致使英雄束手亡。"看到这里我们才恍然大悟，颜良并不是要跟关羽讲礼数，而是准备传达刘备的嘱咐，根本没打算跟关羽动手。关羽并不知道内情，他只是要报答曹操厚待的恩情，为他建功，所以他杀死颜良后，并没有马上离开，而是从容下马割取首级。明代读者对这一细节应该不会陌生。明代上报军功，就是要清点斩获的首级。小说写曹操上表给关羽封侯，当然是有史实的影子，但也跟取首级、立军功有直接的关系。而小说写关羽后来得到刘备的消息，才知道误杀了颜良，也很是后悔。

至于关羽匹马飞入敌阵，小说写河北军放开一条大路让他走，也很令人纳闷。如果说是关羽杀入敌阵，匹马所到之处都被杀死，就像小说写赵云在当阳救主那样，那当然是体现了他的武勇；可是河北军兵看到曹军武将前来，居然都让开路，难道是对自己的主将颜良心怀不满吗？清代戏剧为我们补出了理由。原来颜良事先下了命令，说："俺受玄德公再三嘱托，云长之事，不免吩咐一声。大小三军，今后若有赤面长髯独马入我阵营来者，不许拦阻，放他进来，我与他答话。"（《鼎峙春秋》第四本第二出《青龙刀振壮夫残》）这就好像吕伯奢一家准备杀猪款待曹操、陈宫，结果被杀一样，都是误会！

3. 是寿亭侯还是汉寿亭侯？

关羽受封汉寿亭侯，这是史书《三国志》的记载。毛宗岗评本也是这么说，看上去好像没有什么问题。不过，这只是毛宗岗根据史书改动原书的结果，并不是宋元明时代人们的共同看法。那时候一般人都认为关羽所

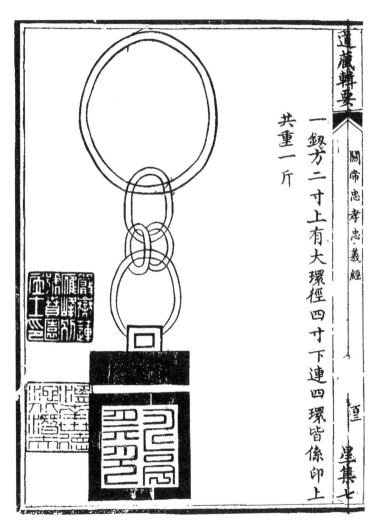

一釼方二寸上有大環徑四寸下連四環皆係印上

共重一斤

嘉庆刻本《道藏辑要》所收《三界伏魔关圣帝君忠孝忠义经》中
的"寿亭侯印"

受侯爵是"寿亭侯"。南宋时，包括荆州玉泉山的关羽庙在内，许多供奉关羽的庙宇中都有"寿亭侯印"实物。（洪迈《容斋四笔》）而元杂剧《寿亭侯怒斩关平》也称关羽为"寿亭侯"。

明代版本的《三国演义》其实也主张关羽是"寿亭侯"，并创作了更换侯印的故事（也可能是沿用了民间故事）：

却说曹操为云长斩了颜良，倍加钦敬，表奏朝廷，封云长为寿亭侯，铸印送与关公。印文曰：寿亭侯印。使张辽赍去。关公看了，推辞不受。辽曰："据兄之功，封侯何多？"公曰："功微，不堪领此名爵。"再三辞却。辽赍印回见曹公，说云长推辞不受。操曰："曾看印否？"辽曰："云长见印来。"操曰："吾失计较也。"遂教销印匠销去字，别铸印文六字：汉寿亭侯之印。再使张辽送去。公视之，笑曰："丞相知吾意也。"遂拜受之。

这故事是说曹操上表朝廷，皇帝封关羽为寿亭侯，铸造的印上就是"寿亭侯印"四个字。曹操让张辽给关羽送去。关羽看了印，就推辞不要。张辽说你立这么大功，封个侯算得了什么？关羽说我没什么功劳，没资格封侯。张辽带着印回来。曹操问："关羽看没看印啊？"张辽说看了。曹操说，"是我没考虑周全"。于是，让工匠把字销去，重新铸印，改为"汉寿亭侯之印"。张辽再送印。关羽看后，笑着说："丞相懂我的意思！"他就拜受了侯爵和印信。什么意思呢？关羽是觉得自己投降曹操，提出过"降汉不降曹"，现在给他封侯，好像又是曹操的私恩，他不愿意接受。现在加上"汉"字，对关羽来说，就不是从曹操受恩，而是从汉朝受恩，这个侯爵是汉朝给的，他这才愿意接受。

虽然从南宋一直到今天，都有学者不断地指出在历史上，亭侯是一级爵位，"汉寿"则是地名，也就是汉代行政区划单位"亭"的名字，但是《三国演义》作为一部虚构的小说作品，它所需要重视的是故事内部的合理性，而并不需要考虑是否与历史一致。就小说本身来看，很显然，在"寿亭侯印"之上加上代表汉朝的"汉"，更能体现关羽的忠义。如果抛开历史的干扰，站在文学创作的立场，自然应当承认"寿亭侯"才是对的。果然就曾有学者觉得这样的故事设计很是巧妙，对毛宗岗评本删除这个故事表示惋惜。(金文京《〈三国演义〉的世界》)

一句话噎死英雄汉

人物画像二

与毛宗岗评本不同，明代版本的《三国演义》卷首通常都有一份按照帝纪、列传编排的三国时期人物名单，除附传外，每个名字下一般还列有简单的传记性文字。尽管这份名单基本上抄自史书《三国志》，而不是根据小说出现的人物归纳而来，但由于是以蜀汉为先，并且加入了一些小说中的虚构人物，仍然可以看成是明代的读者或者书商对小说的一种认识。一般认为他们这么做，无非是把小说当成史书，或者想让别人把小说当成史书来看待。（沈伯俊《〈三国志宗僚〉考辨》）

我们并不肯定，明代的读者拿到书，是扫一眼就翻到正文，还是真的会挨个去读那份名单。对于读者，一般来说，重要的名字或许只是刘备、曹操、孙权、诸葛亮、关羽、张飞等核心人物，就像今日的影视观众，恐怕除了领衔主演之外，很少会有人关心十八线小明星有没有出现在正片之中。也就是说，只有这些朗若星辰的英雄出现在名单中，这个名单才有意义，至于其他的名字是来自史书还是小说，有没有错误，恐怕都不重要，甚至可能根本就不会被阅读。就如关羽"过五关斩六将"，一般来说，六将可以是任何人，他们有没有名字，是不是出现在演职员名单中，没人在乎。他们不是颜良、文丑，甚至不是华雄——说白了，不够格（蔡阳是个例外，他被记住主要是因为"击鼓斩蔡阳"）。因此，清代的毛宗岗评本之所以没有再附加这个名单，我们实在没办法肯定，是因为他们父子认为这个名单跟小说不匹配或者错误太多，还是只不过觉得枯燥，没有兴趣读。当然，刊印小说总是以盈利为目的，保不齐只是书商为了节省印刷成本，放弃了不必要的内容，比如周曰校本、英雄谱本等明代版本中那种精美的大幅版画。不管怎么说，这份名单在明代的时候原本都摆在那里，是小说《三国演义》作为实物商品的一个部分。即便只是扫一眼，它呈现出的那种极简版蜀、魏、吴三国鼎立形势，也足以让读者对正文的故事本末产生浓厚的阅读兴趣。

　　从小说的讲述方式来看，虽然是按照蜀汉创业、建国、北伐、被灭的时间线索编织故事，但各个人物尤其是三国的创业雄主与勇猛之将、智能之士，除了历史传记性质的简短介绍以外，往往以事带人，围绕他们的出场安排情节，形成个体英雄的故事段落。在刘、关、张结义之后，除穿插了孙坚因玉玺而死、袁绍征公孙瓒故事外，即是写董卓之乱的十回（毛宗岗评本合并后，差不多是六回）。这十回除了写董卓的暴行，主要是著名的捉放曹、三英战吕布以及美女连环计三个常常被戏曲表演单独截取的部分。

　　毛宗岗总结《三国演义》中的人物有所谓"三绝"，即诸葛亮"智绝"，关羽"义绝"，曹操"奸绝"。（《读三国志法》）可是，诸葛亮之智，通常被认为近于妖；而关羽之义，类似刘备之仁，也往往令情节的展开缺乏逻辑。这是小说极力想要塑造伟大、光辉、正确的典型形象所带来的反噬效果。因为太过于典型，也就牺牲了人物的真实性，"人设"很容易就会崩塌。人们通常会觉得这种塑造典型的工作，没有哪个比得上京剧——这个印象主要来自京剧

毛宗岗《绣像第一才子书三国
志演义》中的曹操："固一世之
雄也，而今安在哉！"

京剧中的曹操：白脸奸臣

脸谱，人们也因此把这种典型人物称作脸谱化人物。

　　曹操献刀无疑是小说的神来之笔。一方面，独自刺杀
董卓，既展现出曹操心中扶持汉室的忠义之情，又表现了他
沉着冷静化解危机的高超能力。另一方面，杀死吕伯奢一
家，既表现出处于逃亡之中的人通常会有的多疑多惧心理；
而"宁使我负天下人，休教天下人负我"，虽然是面对陈宫
质疑，自知理亏的应激之辞，充满着破罐子破摔的孩童意
气，但也确实展现了曹操性格中奸狠毒辣的一面。这样丰富

立体的人物，显然不是一个"白脸"所能够代表的。

不像刘、关、张，小说中的曹操经历了复杂的成长过程，本身有着忠义之情、应变之智、识人之量、好色之性、奸诈之雄、篡逆之心等诸多面向。陈宫对曹操的两个判断——"公真天下忠义之士""原来是个狼心狗行之徒"——也都是正确的。杀死吕伯奢，自然是狼心狗行；矫诏起义兵，无疑是忠肝义胆。陈宫次日不辞而别，曹操也立即意识到自己出言欠妥，但说出去的话，泼出去的水，悔之晚矣。后来在白门楼，曹操虽然仍是以孩童意气对陈宫说"公台自别来无恙"，但面对一心赴义的陈宫，他也"有留恋之心"，"起身，泣而送之"，命令将陈宫老母妻儿送至许都自己府中恩养，事后又以棺椁盛殓，迁葬陈宫于许都。面对陈宫，曹操心中始终还是有愧疚之感。借用李卓吾送给杀人魔王黑旋风李逵的评语，"奸雄"曹操其实也有显露赤子之心的时候。

作为传说中吕布麾下八健将之一，陈宫的毅然就义，在元代似乎是重头戏。元代的《三国志平话》擒吕布一节不仅单独列有《曹操斩陈宫》的小标题，还配有一幅版画。这段故事与《三国演义》很是不同。先是曹操历数陈宫之过，说"先归我，后投公孙瓒，又私通投吕布"，似乎是要质问陈宫何以背主不忠。陈宫则说："非某之过。先亲丞相，常怀篡位之心。后见公孙瓒，为事舛讹。再投吕布，怎知贼子反乱。"他认为自己并无失德之过，而是所遇非人，没有找到明主。而对于曹操的赦免，陈宫则予以断然拒绝，说"先投公孙瓒，又归吕布，再投丞相，后人观我无义，自愿就死"，表明自己宁愿为了保全名节而就义。当曹操下令释放他的家小时，陈宫甚至建议曹操宽恕他的母、妻就可以了，他的儿子则应该斩草除根，同他一起杀掉，以免留下后患。接下来的《白门斩吕布》虽然没有吕布求刘备解救的情节，但吕布仍以自己擅长指挥骑兵向曹操乞命，其贪生怕死与陈宫形成鲜明对比。

1. 人中吕布，马中赤兔

与《三国志平话》对曹操、公孙瓒、吕布均无好评不同，《三国演义》写陈宫在白门楼赴死之前，面对曹操"吾心不正，尔如何事布"的质问时说："布虽无谋，不似你诡诈奸雄。"他认为吕布虽然目光短浅，缺乏谋略，但相比曹操的"心术不正"，还算是一个"好人"。作为吕布身边最重要的谋士，陈宫这话可以视为对吕布的定评。

身处尔虞我诈的漩涡中，吕布可以说是难得的直心好人。他投奔刘备，就真的以为刘备要把徐州牧让给他做。次日设宴还礼，他还令妻女出拜。后来夜夺徐州，他也"令军一百守把玄德宅门，诸人不许进入"，"常使侍妾送物，未尝有缺"。而刘备之所以会说出"兄弟如手足，妻子如衣服"这样毫无廉耻的话，除了安抚张飞外，正是料到"吕布掳吾妻小，必不害之"。尽管张飞一百个看不上吕布，认为他是奴婢出身，怎么可以跟自家金枝玉叶的哥哥相提并论，但相比刘备的满胸城府，吕布行事确实有一种真诚在其中。

这一点在《三国志玉玺传》中表现得更为充分。弹词不仅在徐州事发时即分别从吕布、二位夫人、刘备三方立场，反复说"因思玄德为兄弟，不害他家妻妾身"，"幸而吕布良心意，不害奴奴姊妹身"，"吕布勇而心地善，定然不害我妻身"；事后吕布送二位夫人还小沛，又从二位夫人、刘备两方立场，说："各言吕布多仁义，半点惊兵无一侵。所用般般皆不缺，看来好意没歪心。玄德见说心欢喜，吕布原来是好人。"不过，正如张飞所说"好人难做"，吕布虽是好人，备不住人人都惦记着他的武力，先后被董卓、王允、曹操、刘备、袁术、陈登所算计利用。甚至面对陈登的谎言，吕布竟然扔掉手中剑，笑称："曹公知我意也！"真是傻得可爱！

作为三国故事中的最强武将（从三英战吕布、六将战吕布可知），吕布"勇而心地善"这点往往被人所忽略，而"勇而无谋"则是从他刚刚出场时就定下的调子。吕布是作为丁原义子登上三国故事的舞台的。当然，元代故事说吕布是丁原家奴，这在《三国演义》中也有残留，张飞就骂吕布是三姓家奴。不过，义子也比家奴强不到哪里去。义子，通常称为螟蛉义子，往往遭遇猜忌与不公。小说中另一个义子刘封也没有好下场，被刘备一怒斩首。不管是义子还是家奴，吕布的出场亮相，传达给人们的，是一个

三英战吕布

金协中绘

身份虽然极其低微，却有着飒爽英姿和高超武艺的盖世英雄。而这是以李儒之眼来呈现的。毛宗岗评本描述在温明园的争执中，董卓想要拔剑杀丁原，李儒看见站在丁原身后的吕布"生得器宇轩昂，威风凛凛，手执方天画戟，怒目而视"，赶紧制止董卓。事情自然是明了的，但如何是器宇轩昂，怎么个威风凛凛，好像有那么点印象，但又好像没说清楚。读者只知道有一个将军站在那里瞪着眼睛。可这有什么好怕的，将军不都这样？更不用说他们家董卓也是万人敌的猛将，动不动就瞪眼吗？答案隐藏在被毛宗岗父子删去的细节里。

明代版本是这样写的："李儒见丁原背后一人，身长一丈，腰大十围，弓马熟闲，眉目清秀，五原郡九原人也。姓吕，名布，字奉先，官拜执金吾。自幼随从丁原，拜为义父。当日，布执方天画戟，立于丁原之后，李儒会意。"之后众人劝丁原上马，"吕布手执画戟，目视董卓而出"。两相比较，可知明代版本的描述，虽然较多地保留了说书人的语气和视角，却非常具体地呈现了吕布在李儒眼中的猛将样貌以及他心中所知的出身情况。这既是说丁原因为身后有吕布，所以毫不惧怕董卓拔剑相向，与上文说丁原倚仗着自己手握兵权，所以敢于冲撞董卓相呼应；同时，也说明李儒是根据所见所闻，"会意"后，才得出董卓有危险的判断，从而赶紧制止董卓的。而吕布"目视董卓而出"的动态描写，充分表明吕布威慑董卓的用意，显然也比毛宗岗评本中站在丁原身后干瞪眼的静态描写要精彩得多。

同样是改写，《三国志玉玺传》就比毛宗岗评本成功："董卓提刀便起身……举眼看时吃一惊。一人立在丁原侧，手持画戟相天神。身长一丈零三尺，体壮身雄猛虎形。面白唇红眉目秀，五原九郡长成身。表字奉先名吕布，官受金吾二十春。幼拜丁原为义父，相看爱惜胜亲生。一身武艺无人比，单身能敌数千人。丁原出入相随伴，此时在侧饮杯巡。看见董卓来得恶，手持方天戟起身。"弹词不仅描述吕布年轻英俊，强调他武艺超群，雄猛似天神一般，更将李儒视角改为董卓视角，说董卓"看时吃一惊"。这个时候，李儒的作用就不过是打打圆场，化解冲突而已，相比无论是明代版本还是毛宗岗评本都更说得通。而吕布看到董卓来势汹汹，立即持戟起身，准备迎击，也自然比站在身后瞪眼睛更有现场感。

　　毛宗岗评本下文接着写"百官皆散"，董卓"按剑立于园门，忽见一人跃马持戟，于园门外往来驰骤"，李儒让董卓躲避。因为删改过多，这段描写同样让人觉得莫名奇妙。既然大家都散了，董卓干吗还不走？不走也就算了，他怎么还要按剑站在温明园门口？大家都知道他能征惯战，拿着剑站在门口，自然是谁也进不来、出不去，难道他是想当门神吗？另外，吕布怎么又跑到门外跃马往来？两个人你站你的，他跑他的，为什么李儒又要让董卓赶紧躲避？明代版本说得很明白，百官虽散但还未离开，董卓按剑站在门口是接着上文所说想杀丁原、卢植而未遂，心中怒火无处释放，"意欲伤害百官"（《三国志玉玺传》改为"要杀诸官武共文"，说得更加直白）。而吕布及时出现，李儒进言说吕布极勇不可当，建议董卓避其锋芒，这才解救了百官，让他们有命回家。应当说，明代版本是层层递进，用连续三个特写镜头来表现吕布的勇武。

　　第二天，丁原领兵来战，毛宗岗评本写丁原大骂董卓，吕布不等董卓答话，就飞马直杀过去，丁原率兵掩杀，打败了董卓。尽管春秋时代的宋襄公以贵族道德倡导"仁义之师"，遭到不懂军事的讥笑，但像吕布这样不等答话就冲杀过去，也确实赢得不够体面。实际上，这也是毛宗岗父子修改的结果。明代版本的"董卓无言可答"，被改成了"董卓未及回言"，这就硬生生给吕布扣了一顶不仁的帽子。而董卓既然是久经战阵的西凉豪帅，被吕布匹马单骑一冲击就逃跑了，似乎也让人想不通。原来明代版本写董卓看到吕布"顶束发金冠，披百花战袍，擐唐猊铠甲，系狮蛮宝带，骑一匹冲阵劣马，持方天画戟，往来驰骤，貌若天神"，不觉"心中惊骇"。《三国志玉玺传》把这几个字改为"董卓见之心胆怯，好个英雄年少人"。应当说，弹词对董卓的心理描绘得更为细腻。而董卓之所以看见吕布冲杀过来就"先去了"，就是因为经过前一天的铺垫，他在心底里已经破防了（长坂桥张飞喝退曹操百万兵是比较极端的例子，曹操身边的夏侯杰直接被吓得肝胆碎裂而死）。也正因为心惊胆战，恐怕不能战胜吕布，董卓才会动把他挖过来的心思。

　　吕布是怎样成为董卓麾下武将的呢？《三国志平话》并没有李肃游说吕布杀丁原的情节，而是采用了宋元时代市民文艺中英雄出世的经典桥段。吕布是董卓在奉诏出征时，于街头相遇，偶然收入麾下的。这一切从洛阳街头大乱开始。有一人骑马在城内冲突，杀死军兵无数。董卓增派兵将，终于将他困住。围观的吃瓜群众报告说："这汉是丁建阳家奴，杀了丁丞相，骑着丁丞相马待走。"董卓将他带回帅府，丁府家奴跑来告状说是吕布为赤兔马而杀丁原；吕布则说并非为马杀人，而是因为受到丁原的侮辱。董卓见他英雄，免其死罪，收在帐下，认为义子，就将赤兔马给他乘坐。这样董卓手下便有左右二将，左将吕布"身披金铠，头带（戴）獬豸冠，使丈二方天戟，上面挂黄幡豹尾"，右将军李肃"戴银头盔，身披银锁甲白袍，使一条丈五倒须悟钩枪，叉弓带箭"。在《关云长单刀劈四寇》《锦云堂暗定连环计》等元代杂剧中，李肃往往自称"白袍李肃"，就与这一装扮一致。而吕布方天戟上挂黄幡豹尾的做法，也为《水浒传》中小温侯吕方所继承。吕方和赛仁贵郭盛比武，就因为这豹尾黄幡绞结在一起，被路过的小李广花荣一剑射开。《三国演义》虽然没有这样写，但辕门射戟所附诗赞中仍有一句"豹子尾摇穿画戟"。

与后来《三国演义》创作的董卓赠马类似，尽管吕布矢口否认，赤兔马仍然是吕布杀丁原故事的关键。丁府家奴告诉我们，赤兔马虽然浑身上下像被血点染过的一样鲜红，鬃毛、尾巴也红得跟火似的，却不是因为颜色而名为赤兔马的。这马在旱地奔走，如果看到兔子，不会让兔子跑了，一定踏住不放，是一匹射兔马。不仅如此，这马遇江河如履平地，涉水时不吃草料，而以水中鱼鳖为食。日行千里，负重八百斤，可不是一般的凡马。

赤兔马是非凡之马，骑乘赤兔马的吕布自然是非凡之人。绝世英雄与非凡骏马的相互倚赖，是世界上各民族英雄史诗共享的母题。（李福清《三国演义与民间文学传统》）后来侯成负气盗马，失去非凡之马的吕布也就失去"神性"，很快被擒而死。吕布命丧白门楼，虽然是"听妻言，不听将计"，咎由自取，但他本来可以作为曹操的骑兵战将而活下去（清代戏剧《鼎峙春秋》第二本第二十出《白门楼家奴就戮》中，曹操就对刘备说"我欲缓其缚而用之"），却因

刘备出尔反尔，吕布命丧白门楼
金协中绘

为刘备的出尔反尔而被杀。"早知大耳全无信，悔向辕门射戟时。"刘备求救时，吕布以兄弟之情出手相救；但刘备只是假装把他当兄弟，从来就没有打算信守互相救助的承诺。毛宗岗评论说刘备在吕布来投时不杀他，是为了利用他来抵抗曹操；在白门楼劝曹操杀吕布，则是担心他为曹操所用——杀与不杀均有深意，"英雄所见，非凡人可及"。人中吕布，面对非人的刘备，只能走向末路。

黑夜中，赤兔马认出侯成是自己家的战将，以为是牵它出征，没有反抗就跟着离开了，哪里知道此去就与主人成了永别。失去非凡主人的赤兔马会有什么遭遇呢？《三国志平话》没有提到赤兔马的归宿。《三国演义》写赤兔马归曹操之后，曹操不敢骑，直到关羽投降，才送给关羽骑乘。毛宗岗评本把曹操不敢骑一句删除了，显得曹操只是把赤兔马当作凡马一般看待，收养在后槽了事。而《三国志玉玺传》则在明代版本的基础上，进一步扩充说"关西大汉牵来至，鞍辔齐整罕曾闻。浑身如火胭脂染，眼似鸾铃金焰喷。驾海腾空名赤兔，千里如飞去似云。向日董卓送吕布，吕布身亡马尚存。高昂凶恶无人用，曹公自不敢骑乘。因见云长多勇猛，赐他乘坐正相应"，特别强调赤兔马具有非凡的特质，性格桀骜，不易驾驭，既然饲养需孔武有力的关西大汉，乘坐也非盖世英雄不可，只能由勇猛无敌的关羽接替曾经天下第一的吕布，成为它新的主人。之后关羽兵败被杀，赤兔马虽归马忠，但"数日不食草料而死"，随关羽魂灵显圣于玉泉山。《三国志玉玺传》将关羽之死看作是回归天庭，恢复"马胜、赵公明、温琼、关羽"四大天将的本职，因而说"赤兔马儿收上去"，必须跟着天将上天庭为神。

2. 你尚年轻，未可为大将

清代小说《三国因》在司马重湘审结楚汉冤仇之后，又补充一个案件，安排吕不韦转世为吕布，秦始皇托生为董卓，以今生义子杀父，报前世半子杀父之仇，读来颇觉牵强。明代小说《闹阴司司马貌断案》安排项羽转生为关羽，改姓不改名，又安排指错路的田父、乌江逼项羽自刎的吕马童等五人，今世被关羽过五关斩六将，身首异处，兑还了前生陷项羽于死地、分割项羽尸首的冤债，与三国故事情节还算是比较贴合的。

不过，《三国演义》本身其实是写了一位"项羽"的，这个人就是借兵平定江东的孙策。在追击刘繇的牛渚之战中，孙策生擒于糜，拨马回归本队时，樊能从背后偷袭，被孙策大喝一声，落马摔死，而于糜此时也已被孙策挟死。"因挟死一将，喝死一将，人皆呼策为小霸王。"（毛宗岗评本增加了"一霎时"三字，意思是说事情发生得太快，显然比明代版本更为生动。）所谓霸王就是西楚霸王项羽，小霸王就是说孙策如项羽一般勇猛。可是，"力拔山兮气盖世，时不利兮骓不逝"，项羽虽有气吞天下之势，最终却兵败自刎。也就是说，"小霸王"虽然听起来霸气外漏，似乎令人闻风丧胆，但却预示了黯淡的结局，并不是什么好的称号。小说就借郭嘉之口，说孙策"轻而无备，虽有百万之众，安敢横行中原"，"性急少谋，乃匹夫之勇耳。倘有一刺客起，便为强暴之鬼耳。他日必死于小人之手"。

"轻而无备""性急少谋"，看起来孙策的风评似乎跟"勇而无谋"的吕布差不多。其实，这只是小说对勇武战将一以贯之的偏见。即使是自带主角光环的关羽、张飞，也照样遭受到同样的"凝视"。他们的兄长刘备就直言不讳地说讲智则靠孔明，论勇还须二弟。孙策的父亲，号称"江东猛虎"的孙坚，倒是更符合这样的标签。小说写孙坚受到袁术挑唆，一意孤行，非要渡江击刘表。虽然刚开始他顺利击败了黄祖，很快包围了襄阳，但最后却因为"不报众将"，以主帅之身轻率三十骑出击，又不辨吕公诱敌之计，陷入重围，身中乱石、乱箭而死，连尸首都落入刘表之手，给读者留下的印象确实是勇而无谋。孙策正是在此役登上舞台的。他请求随孙坚出征，父亲对他的评价是"自幼英气过人，可随我领兵"（毛宗岗删除了这一内容，似乎不愿意给孙策以好评）。父亲死后，孙策率军回江东，"招贤纳士，屈己待人，因此四方有才德者，渐渐投之"。《三国志玉玺传》此段更能体会少年孙策处变之难，说孙坚身死，军马惊散，"苦杀孩儿孙策身，今朝方才十七岁，如何支撑万千人"，但也说他"虽然年纪小，智谋赛父不非轻。依然不堕前人志，元有招贤纳士能。因此四方士至，中图事业复当先"。可见，孙策并不是一介莽夫，而是作为父亲的"修正品"而存在。

在借军平定江东的战斗中，秣陵一役，孙策中冷箭落马，当即命令军中诈称主将身死，拔寨起兵，骗得守军出城，伏兵四起，众军遂弃刀投降"孙郎"。枫桥之战，孙策听从张纮"主将乃筹谟之所自出，三军之所系命也，不宜轻脱，自敌小寇。愿麾下重天授之姿，副四海之望，无令国内上下危惧"的进谏，改派韩当出马。毛宗岗评本把张纮的话改为"主将乃三军之所系命，不宜轻敌小寇，愿将军自重"，较明代版本语气明显减弱，应是站在尊刘的立场，不希望读者对孙策产生天命所系、人望所归的期待。小说接着又写面对坚守不出的王朗、严白虎，孙策听取孙静、周瑜的建议，以奇兵夺得会稽。这些事情就都表明他不只勇武过人，也善于听取意见，以谋略取胜。

尽管如此，相比曹、刘两家，《三国演义》留给孙吴创业的篇幅非常有限，叙述往往无法充分展开，导致没有什么存在感（《三国志玉玺传》甚至把具体战役全都删除了），

烏呼峻嶺不平元帥失兜鍪

明代周曰校本中的神亭岭孙策大战太史慈
日本国立公文书馆藏

孫策大戰太史慈

读者很容易忽略这些原本应该十分精彩的细节。一般来说，人们对小说所写孙策，印象最深的恐怕还是在神亭岭，他率领十二将，冒险抵近刘繇营寨，孤身大战太史慈的英雄伟绩。虎父无犬子，英雄出少年。有意思的是，毛宗岗评本对这段说书场上广受青睐的桥段有不少改写，特别是把孙策回应太史慈挑战的"走的不算男子汉"一句，改为"走的不算好汉"。估计毛宗岗父子读书时，脑子里联想的，十有八九是梁山泊好汉。

小说安排孙策真正作为主角出场，是在刘备被吕布夺了徐州，移军小沛之后。为安抚关羽、张飞，小说为刘备准备了一句十分符合他年龄与身份的老成台词："屈身守分，以待天时，不可与命争也。"而孙策此时同样寄人篱下，不过领兵校尉，虽然东征西讨，屡立战功，但都是与他人做嫁衣裳，心中很是郁闷。毛宗岗评本比明代版本更能体会这种心情，说他"思父孙坚如此英雄，我今沦落至此"，"恨不能继父之志"，一心要与命争衡。《三国志玉玺传》对孙策处境和心理剖析得更为明白，说："（袁术）见策英雄无可比，少年勇猛似天神。令作帐前总校尉，提兵数次有功能。但是未曾升重职，孙策心中不喜欣。想起父亲生在日，江东独霸鬼神惊。今朝我在他人下，屈身事术不能伸。杀父之仇不能报，淹留何日得为人？"

刘备幼年丧父，贫苦无依，从看榜时就叹息不能遭际时运，又长期沉沦下僚，受到上峰的欺压，在战场上也多尝败绩，但却不以孤穷为意，对于逆境可以说有着超人的忍耐力。与刘备不同，孙策自幼笼罩在伟大父亲的虎威之下，不仅曾作为少主与父亲一起统领大军，也常常在战场取胜，但往日的强盛时时刺激他，知道如不能自立，终究难有出头之日。

在争取命运主动权的过程中，除了朱治、吕范以及旧将程普、黄盖、韩当等父亲留下的"遗产"外，孙策起兵后，第一个带兵来投的人便是周瑜。孙策与周瑜关系亲密，除了是从小玩到大的小伙伴、结拜兄弟之外，同时也是分别娶了大乔、小乔为妻的连襟，是真正的自己人。有趣的是，《闹阴司司马貌断案》给周瑜设定的前身是项羽的旧将丁公，尽管只说是让他侍奉孙权，但也与孙策"小霸王"的称号多少有些呼应。虽然《三国演义》给周瑜安

排的出场戏十分简单，甚至台词也没有几句，但他在孙策
席卷江东的伟业中其实发挥了十分重要的作用。

明代版本《三国演义》写周瑜领军拜于孙策马下，夸
他"面如美玉，唇若点朱，姿质风流，仪容秀丽，胸藏经
天纬地之才，腹隐安邦定国之谋"。毛宗岗不仅把"美颜"
关闭，不写周瑜的相貌，还把后面两句也删掉了，大概是
觉得这么高的评价只有偶像中的偶像诸葛孔明才配得上
吧。其实，明代版本这么写是为下文孙策的顺利进军作铺
垫。周瑜不仅向孙策推荐了张昭、张纮，进一步加强了主
公孙策麾下的板凳厚度；同时他也是孙策军队实际上的二
把手。在后来的战役中，周瑜往往在孙策正面迎敌之外，
率领偏军给予对手以突然袭击，比如袭取曲阿、夹攻王朗
等，都是具有决定意义的行动。

孙策信任周瑜，与他信任太史慈一样，其实是郁郁
不得志的少年英雄面对前辈讥笑的一种认同补偿。孙坚死
时，董卓听说孙策只有十七岁，只说了一句"何足道哉"。
可以想见，其他人大抵也是如此看他。后来孙策对郭嘉的
话大为光火，那时也不过二十六岁。在想要证明自己的强

烈欲望之下，孙策越是抗争，越是不可避免地走向了命运的终点。太史慈请命迎击孙策时，刘繇颇不以为然；他振臂高呼，也只有一员小将认同他是猛将，愿意跟随，其余众将皆对他报以嗤笑。毛宗岗父子显然对这一严重伤害年轻人自尊的事情感同身受，因而我们现在看到的毛宗岗评本会在刘繇否决太史慈担任先锋的请求，说"未可为大将"一句前添加上"你尚年轻"四字。经过神亭岭一战，孙策对太史慈有一种英雄惜英雄的感情，所以他才会说："我知子义真丈夫也，刘繇蠢辈，不能用为大将，以致此败。"这其实也是他自己的身世之感。

不过，小说整体上对年轻人并不友好。孙策虽然一统江东，但毕竟不是主角，才二十六岁就被写死，领盒饭去了。尽管他死时，曾叮嘱母亲吴太夫人"父兄旧人，慎勿轻怠"，又对孙权说"汝若负功臣，吾阴魂于九泉之下必不相见"（毛宗岗评本删去了这句话），但他死之后，小说就一直没给周瑜、太史慈太多施展作为的机会。周瑜星夜奔丧，是先由吴太夫人告以遗嘱，然后才是孙权出场。周瑜对政治权力的微妙变化也很明白，说自己恐怕不堪辅佐之任，马上向孙权推荐了鲁肃。后来，曹操要孙权遣送质子入朝，孙权犹豫不决，倒是召集了张昭、周瑜两位孙策旧臣前来，但却是领到吴太夫人面前商议。而吴太夫人当即强调"公瑾（周瑜）与伯符（孙策）同年，小一月耳，我视之如子也，汝以兄事之可也"（毛宗岗评本删去了这些话），径直要求孙权将臣子周瑜视为兄长，可见孙权对于旧臣周瑜始终心有芥蒂。直到吴太夫人去世前，孙权才任用哥哥的结义兄弟、连襟周瑜为大都督。

吴太夫人临终时召来张昭、周瑜，说："不幸孙策早丧。今已将江东基业，尽付与孙权耳。望汝等可扶持吾子，吾死不忧矣。今病危，嘱以后事。愿子布、公瑾早晚教诲孙权，勿使吾儿有失。"又对孙权说："汝之事子布、公瑾以师傅之道，切不可怠慢"，"汝若不听吾言，九泉之下不相见矣"（毛宗岗评本删去了这些话）。此时此刻，孙权才算是真正掌握了东吴的大权。不久，孙权就顾不得为母亲守丧，要兴兵讨黄祖。"旧人"周瑜虽然也附和"新主"的报仇主张，但"新人"甘宁才是当然的角儿。孙权亲征的复仇大业，确实也命"旧人"周瑜为领兵大都督，但更

孙权与周瑜
出自毛宗岗《绣像第一才子书三国志演义》

多的只是一种名义上的尊重，他甚至完全没有出现在战场上；实际上，破黄祖之战，正如孙权所期待的，是完全依靠了"新人"甘宁才成功的。当然，甘宁也曾经是郁郁不得志者，他是因为被黄祖轻视而转投东吴的，只不过，他的知遇之主已是"新主"孙权罢了。

周瑜、太史慈重新登上舞台，已经到了赤壁之战。但这并不是孙权主动起用，而是靠了吴国太（吴太夫人的妹妹）提醒孙策遗命叫他外事问周瑜，才得以实现的。尽管周瑜担任总指挥的这场大战取得了辉煌的胜利，但小说一心要诸葛亮建功，只好让周瑜费尽心机，在接下来的时间东奔西走，却无功而返，不仅赔了夫人又折兵，连命也丢了。作为"故主"孙策的影子，"旧人"周瑜死时，哀叹自己并非不想为国尽忠，只是天命不可违，自己在"新主"面前的种种努力，因为一个诸葛亮就全成了泡影。"既生瑜，何生亮！"这句话并不只是棋逢对手的戏说，里面包含的人生境遇实在太过残酷。

小说中，太史慈也参与了赤壁大战，但既不是像黄盖那样作为破敌先锋站在聚光灯下，也完全没有得到一个哪怕是远景的战斗画面。在同为"旧人"的都督周瑜的关照下，太史慈跑了两次龙套之后，也迎来了他的谢幕战。在"新主"孙权亲征的合淝之役，太史慈终于有了证明自己的机会，但他把这个机会全部寄托在了一个军马饲养员身上，颇有孤注一掷之感。可惜事与愿违，太史慈施间失败，反而落入张辽的圈套，身中数箭，不治而亡，死时大叫："大丈夫生于乱世，当带三尺之剑，以升天子之阶。

今所志未遂，奈何死乎！"

周瑜死时，三十六岁；太史慈死时，四十一岁。他们和孙策一样，都觉得壮志尚未酬！

3. 于禁从孤三十年，何期临危反不如庞德也

孙、刘、曹三家创业的铁血历程中，先后涌现了许多名将。明代小说《闹阴司司马貌断案》说司马重湘判决楚汉争霸时，如有那屈死不甘、怀才不遇、有恩欲报、有冤要申的，全都在三国投胎出世，以善恶有报、因果轮回观念来解释三国人才之盛的原因。这种美好愿望在清代小说《三国因》中得到进一步的演绎。大概觉得冯梦龙让丁公转生为周瑜，太便宜他了，醉月主人便作了很大的改变。司马重湘判决时，认为丁公放走刘邦就是对项羽的背叛，注定不得好死，但因为前生已经被刘邦赐死，所以今生也就没有必要再遭受一次身死疆场的报应，投胎为于禁，被关羽水淹七军而擒获，沦为阶下囚

就可以了。同时，醉月主人又觉得既然关羽是项羽的后身，那么，关羽在白门楼救了张辽的性命，也一定是事出有因。他搜索枯肠，联想到曾有一位乌江亭长劝项羽渡江，虽然项羽拒绝听从这一建议，但人家可也是好心搭救的，怎么说都算得上是有恩。滴水之恩，当涌泉相报，何况还是救命之恩！好，就是他了。阎王爷，就让他转世为张辽，接受关羽的报恩吧。可惜，他编得还不够周全，没有把被于禁、张辽杀死的人都给一一安排妥当了，大概他也觉得这么干有点无聊吧。

张辽与陈宫一样，在通俗文艺中一直被认为是吕布八健将之一。作为吕布降将，他投入曹操麾下，立下的首功就是劝降关羽。之后屡立战功，到镇守合淝时，已作为独掌一方的主将，地位在曹操嫡系乐进、李典之上，但也只是在合淝之战中伏击太史慈，才算是杀死了一位真正的名将。当然，逍遥津之战虽未阵斩名将，却已让他威震江南。张辽一直活到曹操去世、曹丕称帝之后。那时候，曹魏的创业之旅已经结束，曹仁、夏侯惇、夏侯渊等曹操最信任的亲族大将不再有表演的机会，或病故或战死，纷纷谢幕；而他则随曹丕亲征，在淮河遇伏，被丁奉一箭射在腰上，尽管被徐晃救下，但回到许都就去世了。毛宗岗评本说他最后是"箭疮迸裂而亡"。这是战场的常见伤，通俗文艺中常常出现的金疮药，就是治疗这种创伤的。孙策、周瑜、许褚、关羽都曾使用金疮药，似乎是一种疮口收敛药物。小说中最著名的，大概是华佗治疗周泰、关羽的案例，尤其是周泰，等于是把他从鬼门关硬生生给拉了回来。但华佗离开了东吴，后来又被曹操赐死，留下的医书也被烧掉了。太史慈身中数箭，伤重而死，与张辽的情形大体一致。救了张辽的徐晃，到了剧情不再需要他的时候，也莫名其妙地拉不住自己的战马，冲到城壕边，被孟达一箭射中头额，回营拔了箭头，令医调治，当晚身死。很不幸，他们没有得神医救治的待遇。

同样是吕布降将、曾经名列八健将的宋宪、魏续，与张辽的境况又不可同日而语。他们不但没有建功的机会，早在白马之战，就匆匆命丧颜良之手。也是在那里，杨奉降将、关羽好友徐晃则是经过二十合，败归本队，并没有受到生命的威胁。到文丑上场，张辽战马被一箭射中面颊，张辽落下马来，为免张辽被杀，徐晃来战，很快又拨马而回，两人都有惊无险。而刘备降将关羽则连续上演于百万军中取上将首级的好戏。很明显，宋宪、魏续不足以表现颜良之强，只好让徐晃加戏一场。而张辽、徐晃两位关羽的好友一起上，当然够分量，但毕竟是角儿，后面还排有戏份的，必须点到为止。

类似这样的操作，也见于杂剧《关云长单刀劈四寇》，而且更为露骨。剧中写董卓死后，张济、樊稠、李傕、郭汜等四寇兴兵来犯，吕布率领李肃和八健将出城迎敌。为表现四寇的智略和勇猛，先安排先锋李肃中计自杀，再在吕布出阵显过威风之后，让他连续三次流鼻血，不得不败走。下一幕则是关羽回乡祭祖，恰好与参谋曹操相遇。而曹操委派的曹仁、许褚等曹家四将抵挡不住四寇，纷纷败退。到关羽出马，则"一刀立诛了四寇"。曹仁、许褚等人纷纷上场说四寇厉害，我们打不过，幸亏你老哥来了，一刀一个结果了他们，还是你厉害！不知道是因为觉得这样吹捧有点太过分了，还是觉得与史书记载差距过大，小说并没有采用这个为大众所喜闻乐见的故事。河北名将颜

赵子龙单骑救主
金协中绘

良、文丑的死，已经足以成就关羽的英名。不过在那之后，虽然还有过五关斩六将的故事，但直到水淹七军以前，关羽就再也没有斩杀过名将。而斩庞德，擒于禁，在到达人生巅峰、威震华夏的同时，关羽也悄悄迎来了自己的谢幕。

可与关羽比较的是赵云在长坂坡单骑救主的故事。与《三国志平话》中赵云手抱刘禅冲阵，马失前蹄，就地射死关靖的惊险故事不同，《三国演义》写赵云"怀抱后主，直透重围，砍倒大旗两面，夺槊三条，前后枪刺剑砍，杀死曹营名将五十余员"，可谓一战成名。但是这五十余员所谓曹营名将，绝大部分都没有留下名字，甚至根本就没有出现在战场描述中，只是战果统计的一个数字而已。有名字的，只有夏侯恩、晏明、钟缙、钟绅四人。其中，夏侯恩是曹操的随身背剑之将，晏明是曹洪部将，钟缙、钟绅是夏侯惇部将，都是读者未曾听说过的"名将"——他们出场就是为了命丧赵云之手。在小说中充当炮灰的，要么是初次登场的无名之辈，要么就是再次登场的降将，特别是河北降将、荆州降将以及黄巾降将。

　　此役尚有张郃以及马延、张凯、焦触、张南等五位河
北降将参战，他们因为还要参加不久之后的赤壁大战，所
以不在五十人的阵亡名单之列。而张郃则是赵云长坂坡一
战中，出现在战场上唯一真正的曹营名将。这虽然并非二
人第一次交手，但张郃本为河北名将，而赵云则尚不为人
所知，以致曹操特意派曹洪前来问名。明代版本是这么写
他们这次对阵的："赵云更不答话，来战张郃。约战十余
合，赵云料道不能胜，夺路而走。"毛宗岗评本一心要维
护赵云的光辉形象，抛弃了一般大众所熟悉的说书场惯用
桥段，改而采用"不敢恋战，夺路而走"这样的更符合文
人趣味的书斋式表达。当然，不论改与不改，面对红光闪
过，赵云跃马从陷坑飞出的神奇景象，张郃都是"大惊而
退"。他既没能阻止赵云，也不必这么早就战死疆场。可
以说，张郃的出场，完全是因为小说意识到，这样的大战
不能只有"杂鱼"，还是需要有真正的名角儿来出演对手
戏，才镇得住场面。往后，张郃一直活跃，并随夏侯渊、
司马懿出征，最后与百余个部将一起被射死于木门道，为
诸葛亮的战绩作见证。有意思的是，小说对张郃的评价也
具有通俗文艺的典型特征。在定军山黄忠力斩夏侯渊时，

小说写张郃苦谏，并借刘备之口说"夏侯渊虽是总帅，乃一勇夫耳，安及张郃。若斩得张郃，胜斩夏侯渊十倍也"，意思是说张郃可不是有勇无谋。可是，到了木门道一役，小说又反复说他"性急躁"，"性烈如火，不能忍耐"，"生性急暴"，与之前可以说是判若两人——此无他，该轮到他剧终了。

与张辽、徐晃、关羽、张郃等这些降将不同，于禁早在曹操破青州黄巾，雄踞兖州之时，就率军投入他麾下。明代版本说曹操见他"弓马娴熟，武艺出众"，任命为点军司马，"每日称于禁之能"（毛宗岗评本删除了此句）。但于禁始终没有斩杀大将这样的耀眼战绩，武艺究竟如何，似乎难以判定。曹操征陶谦时，于禁曾与张飞交手，但只数合，就因为刘备的加入而败走。吕布乘虚夺了兖州，曹操回军又败，于禁建议夜夺西寨，虽属良策，但于禁等人明显不是吕布对手，终于还是败走。此后许褚、典韦等曹营六将共战吕布，就没有于禁什么事儿。曹操迎敌马超时，于禁与马超交战只八九合即败走，接着是张郃与马超战至二十合败走，而许褚则与马超死战二百三十合不分胜负。与许褚、典韦这两位虎卫以及曹操起家六将（乐进、李典、曹仁、曹洪、夏侯惇、夏侯渊）相比，于禁的武艺恐怕并不突出。正因为如此，通常的战斗都是诸位猛将争功扬名，而于禁大多时候只能是跟着分享胜利的喜悦。

令人没有想到的是，曹操在宛城因沉湎女色被张绣设计攻杀，诸位猛将惊慌失措，这样的大溃败反而成就了于禁，让他一战封侯。当时，夏侯惇所部青州兵乘势劫掠百姓，于禁率所部沿路剿杀乱兵，安抚百姓。曹操逃至，青州兵说于禁造反，攻杀己方军兵。他不迎曹操，反而引本部军安下营寨。部下问他，既然曹操已到，何以不先行辩解。他回答说"今贼追兵在后，不时便至，若不先准备，何以拒敌？分辩小事，退兵大事。"果然刚安好营寨，张绣追兵就到了。这时，他又身先士卒出寨迎战。诸猛将见于禁向前，方才引兵迎击，终于大败张绣。战后，曹操赐于禁金器一副，封为益寿亭侯，"责夏侯惇治兵不严之过"，并评价说："淯水之难，吾甚狼狈。将军在乱中，能整兵讨暴，坚垒有不可动之节，虽古之名将，何以加之！"把自己的狼狈与于禁的不乱相提并论，可见曹操对于禁的表现确实是由衷赞赏。

所谓"在乱中，能整兵讨暴"，是对于禁实际作为的描述，此点也是他胜过包括曹操在内的众人之处。"坚垒有不可动之节，虽古之名将，何以加之"，既是指于禁先公后私，不为谤詈所动，同时也是指他治军甚严，有古名将之风。这里所谓"古之名将"，应当是特指周亚夫。与《三国志平话》同一系列的《前汉书平话》，最后即讲述周亚夫细柳营治军甚严，虽天子至亦不得入内的故事，这是元代以来通俗文艺所津津乐道的。《三国演义》中其实也常常提到周亚夫。毛宗岗评本似乎没有看懂明代版本的意思，反而觉得曹操的评价不足以概括于禁的功绩，把这段话改写为："将军在匆忙之中，能整兵坚垒，任谤任劳，使反败为胜，虽古之名将，何以加兹！"应当说，这样确实面面俱到了，但却失去了评价的意义。

于禁临危不乱，有不可动之节，其"能"确实足以独当一面。此外，于禁在博望坡曾肯定李典的意见，当即令李典喝止后军，自己则飞马到前军，提醒都督夏侯惇须防火攻，事后曹操评价说："如此高才，堪任大将军矣。"因此，曹操才会不用徐晃等健将，而指定于禁为大将，增援樊城。于禁自知非骁勇之将，特求一将为先锋，这才有庞德出场的机会。但庞德原系马超降将，而马超现在蜀为上将，因此，七军将校对他颇有猜忌，建议于禁申请换将。曹操最终没有换将，为失败埋下了种子。

庞德则一心要建功，不仅极具表演性地带着棺材出征，放话说要与关羽决死，还大张旗鼓，让大家都知道他的"忠勇"。对此贾诩建言："血气之勇，去斗关将。他是赤身搏虎之将，俗云'两强而斗，必有一伤'，非安边塞之良策也。"曹操大悟，告诫庞德："关某智勇双全之将，切不可用力斗之。可取则取，不可取则谨守，不可怠忽。"但庞德对此不以为然，当众耻笑，说："吾料此敌，当挫关公三十年之声价。王上何故多虑？三军已发而有戒慎之言，勿令斗其血气之勇，是弱于军前也。吾心中有吞关公之意，岂死于等闲耳？"于禁则说："魏王之言，不可不从，将军自度之。"不满之情，溢于言表。

庞德与关羽初阵百合不分胜负，于禁依照曹操的指示来劝庞德，既然"百合之上，未得便宜，何不且退军避之"。庞德立马吹胡子瞪眼，毫不客气地说："魏王命将军为大将，何其太弱也！吾来日与他共决死生，誓无退避之意！"这也太不给主将面子了。如果说，于禁的秉性应该是以大局为重，到此时，恐怕心理上也确实会发生变化。果然，次阵，庞德暗箭射中关羽，正要追击，于禁"恐德成了大功，灭禁威风"，便鸣金收兵了。之后庞德累次请于禁乘关羽受伤进兵，可于禁就只以曹操的告诫为理由推托，不但不肯进攻，还赌气移营到罾口川。部将提醒于禁说现在连日大雨，那里地势低洼，很容易受到水淹。于禁居然大骂说这是乱吾军心。显然，征南大将军已经失去了理性，还陷在跟庞德斗气的情绪里。这个时候庞德如果能服软，或许还有挽救于禁七军的机会。可惜，庞德选择了冷战，打算第二天一早独自率领本部军兵移屯了事。与他们这种将帅不和形成对比的是，面对东吴大军，与主将张辽素来不和的李典选择了不以私憾废公事，配合张辽出击，最终取得逍遥津大捷，成就了张辽的威名。

主将、先锋尚未实现分居，当夜暴雨就来临了。关羽也乘机掘河放水，"平地水深丈余"，"于禁所领七军，皆死于水中"。面对突然而至的滔滔洪水，于禁、庞德等人互相之间无法顾及，各自逃上小山躲避。"于禁见四下无路，左右止有五六十人，料不能逃，口称愿降。"这个时候，困在另一山头的庞德则在众人皆降的情况下，孤身一人，誓死抗拒。关羽斩庞德、擒于禁的消息传到许都，曹操想起庞德之忠，泪流满面，说："于禁从孤三十年，何期临危反不如庞德也！"意思说我这么信任的嫡系，怎么还不如一个降将。

临危不乱、忠于王事是于禁的一贯作风。求将、换将，也显然是出于公心。但庞德的降将背景既然引起七军将校的不满，他的傲慢也显然伤害了于禁的自尊，这要比青州兵的谤讪扎心得多。在这种情形之下，小说对于禁的内心作一些阴暗的描写，是合乎情理的。无论如何，七军覆没，他作为主将负有绝对责任。但在那种绝境之下，人的求生欲也是应当给予同情和理解的。

关于于禁的结局，周曰校本在他被擒后，添加了一条补注，说后来曹丕在曹操庙中画了水淹七军之事，于禁从吴还魏后，拜祭曹操，见到壁画后，服毒而死。毛宗岗评

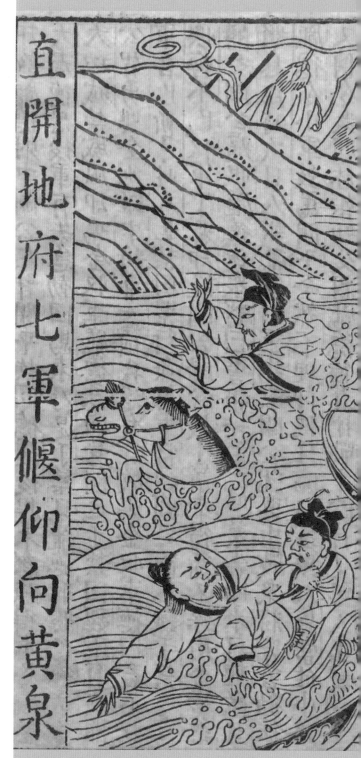

直開地府七軍偃仰向黄泉

明代周曰校本中的
"水淹七军"
日本国立公文书馆藏

本则改在曹丕继位，诛戮亲兄弟的故事中间，插入曹丕命令于禁为曹操修陵墓故事，并说曹丕认为他"不能死节，既降敌而复归，心鄙其为人，故先令人图画陵屋粉壁，故意使之往见以愧之"。而在写了于禁抱恨而死之后，毛宗岗评本还附了一首诗，讽刺他骨子里就是不忠。毛氏父子大概忘记了，不论出于什么理由，附加什么条件，那位生擒于禁的关羽，面对绝境，在事实上也曾投降曹操，并且投降之后又背弃曹操，回归刘备。怎么关羽可以"身在曹营心在汉"，而于禁就"所欠唯有一死"呢？有学者认为《三国演义》等明代小说在行文上往往表现出反讽的意味（浦安迪《明代小说四大奇书》），毛氏父子的改编显然加深了这种意味。

权力游戏中的女性

人物画像三

一般来说，阅读《三国演义》这样的小说，即便不是暴力美学的爱好者，也很容易被勇武战将和智谋之士所吸引，毕竟篇幅摆在那里。就粗略的印象来说，似乎除了连环计的主角貂蝉以外，这部满是铁血征战的小说似乎就没有多少女性角色登场的画面。其实，从小说刚开始，女性就卷入了这场旷日持久的权力游戏。她们之中，既有权力政治的幕后人，也有男性攫夺的战利品，更有阴谋诡计的牺牲品。就人物的个性来说，《三国演义》所描写的这些女性也非千人一面：有人刚强，有人柔弱；有人聪明，有人愚蠢；有人心地善良，有人良知泯灭；有人努力要掌握自己的命运，有人则不免随波逐流。整体上，比那些虽然经常出场，却没有专属故事，更无心理描写的战场杀戮机器要精彩得多。当然，这些女性尽管丰富多彩，但大都没有什么比较理想的结局。可以说，在这个乱世之中，女性生存相当不易。可谁又容易呢？

1. 我等皆妇人也

《三国演义》虽然是以十常侍之乱为背景的，但一切的乱局，起因都在皇帝身上。所谓十常侍就是指十个宦官头目。他们出入宫禁，是汉灵帝的身边仆人，再怎么为乱，如果没有灵帝撑腰，能整出啥幺蛾子？灵帝本来是外藩之子，因为汉桓帝没有儿子，才被迎入宫中，立为皇帝。既然没有根基，他要巩固自己的权力，自然要倚赖身边人为他的爪牙。

灵帝有两个儿子：长子刘辩、次子刘协。

刘辩是何贵人所生，何贵人也因此被立为皇后。她的哥哥何进作为外戚，成为大将军，掌握了外廷大权。何皇后要维持自己的权势，当然要让自己的儿子刘辩继位当皇帝。而她的这个想法也自然会得到何进的全力支持。

刘协则是王美人所生。王美人因为得到灵帝的宠爱，引起何皇后的嫉妒，被她毒死；而王美人遗下的儿子刘协，就被送到董太后宫中抚养。董太后是灵帝的生母，灵帝登基后，才迎入宫中。老太太虽然对这个没了娘的孙子很是喜爱，劝儿子立刘协为太子，但本身没有什么势力，无法提供进一步的支持。小说并没有写灵帝对王美人被害有什么样的反应，只说他也愿意看到王美人的儿子继承皇位。而灵帝要实现这个想法，看来也只能靠身边的宦官。十常侍既懂得迎合上意，也很明白自己的处境：何皇后有何进支持，并不需要他们。此时此刻，他们必须支持灵帝的主张。这个主张的最大障碍，便是何进。诛杀了何进，何皇后失去了倚靠，对于争夺皇位也就无能为力了。

不料，此谋却泄露了。灵帝崩，何进当机立断，率袁绍所部军兵进宫，拥立了刘辩。十常侍之一、灵帝的佞幸蹇硕，亲自率领禁军迎战袁绍，却被同为十常侍的郭胜偷袭砍死。原来，他们是要把谋诛何进的责任都推到蹇硕身上，以免被尽数诛戮。那一边，何太后认为自己出身低微，虽然哥哥有拥立之功，但没有宦官的支持也难有长久的保障，便劝何进放过他们。而董太后失去了儿子，也没能拥立自己喜爱的孙子，自然不甘心。她显然比儿子有决断，靠着十常侍，马上宣布垂帘听政，封刘协为陈留王，封自己的兄弟董重为骠骑将军，强势分割何家兄妹的权力。

何太后也不会坐以待毙。她先是设宴请董太后吃酒，说朝廷之事应由元老大臣自行商议，她们都是妇道人家，不应该干预朝政，不然，恐怕会落得像汉初的吕后那样，被满门抄斩。意思很明显，现在我儿子是皇帝，我哥哥掌握着朝廷大权，你老人家要夺权，恐怕没有那么容易。董太后大怒说：你嫉妒王美人，就毒死她，心比蛇蝎！你以为有儿子、哥哥撑腰，就可以胡说八道了？我让骠骑将军杀你哥哥，简直易如反掌！然而老太太良知未泯，虽然如此说，却没有如此做。当然，也可能只是缺乏宫廷斗争的经验。没想到，何太后当晚就把何进召进宫商量对策。第二天早朝，在何进授意下，有人上奏说董太后私下与州郡官交往，贪求财利，不适合临朝听政，应当安置到河间驿去，限即时离开京城，也就是捏造了一个失政的理由，把太后给废了，并且立即驱逐。

毛宗岗评本把废太后的理由改为董太后原本是外藩妃子，不应该居住皇宫，但前文已说她是灵帝生母，是灵帝把她迎入宫中的，人家都住了那么多年了，灵帝一死就拿外藩说事，显然说不通。《三国志玉玺传》改为"董后娘娘无圣德，不宜设政在朝门。宫中失礼难居住，迁去河间驿内存。即日出宫无印绶，追他印绶作闲人"，尚与明代版本一致。

何进一面立即派人押送董太后出京，一面率兵包围董重府宅，逼取骠骑将军印绶，迫使董重自刎而死。转瞬之间，权力又回到了何家兄妹手中。为绝后患，何进稍后又暗地派人毒杀董太后。然而，董太后的死，也让何进与十常侍的矛盾激化。最终在宫廷政变中，何进被杀，何太后跳窗逃生，刘辩、刘协则被劫出宫。之后，董卓废辩立协，何太后与刘辩均被害，这场争斗才算终结。尽管何太后大骂何进引狼入室，但这其实也怪不得别人。

与何太后类似，袁绍的后妻刘夫人、刘表的后妻蔡夫人也一心想要扶助自己的儿子继承家业。

袁绍有三个儿子,一个外甥。长子袁谭,出守青州;次子袁熙,出守幽州;三子袁尚,是后妻刘夫人所生,留在身边;外甥高干,出守并州。

袁绍连遭官渡、乌巢败绩,回到冀州,心烦意乱之际,刘夫人插进来,劝他传位袁尚,似乎是预见袁绍命将不久。袁绍召集谋士商议时,自己就说"今吾命弱,吾立其后,为河北之主",表明确实是身体不好,要以防万一。后文写袁尚兵败,袁绍旧病复发,吐血而死,也就顺理成章。毛宗岗评本把袁绍的话改为"今外患未息,内事不可不早定,吾将议立后嗣",与前后文无法连贯,让人觉得莫名其妙。读者会觉得外患跟立嗣有什么关系?是觉得不立嗣,没法专心打仗?还是觉得之后会一败再败,在战死之前要先立嗣?

袁绍手下四名谋士,分为两个阵营。审配、逢纪支持袁尚,也就是站在刘夫人一边;辛评、郭图则支持袁谭。尽管如此,郭图的回答确实击中要害。他说:

昔日沮授曾谏主公，言犹在耳。授有言曰：世称万人争逐一兔，一人获之，贪者遂止，分定故也。谭为其长，今居于外，此为乱之萌也。自古迁长立幼，家邦不定；废嫡立庶，天下不安。今军势稍挫，曹操压境，又使谭、尚争之，乃自取乱之道也。主公且宜理会拒敌之策，勿使家乱。

意思是说袁谭是嫡长子，这就是沮授所说的"分定"，别人没有资格与他争位。何况他掌兵在外，如果废长立幼，势必迫使他与弟弟刀兵相向。外敌压境，家中又兄弟反目，这无异于自取灭亡。

袁绍病危，乘着辛评、郭图随袁谭领兵在外，刘夫人把审配、逢纪紧急召到袁绍病床前，逼问袁绍是否立袁尚为后嗣。袁绍这时已经说不出话，只是点头。终于，刘夫人达成了立自己儿子为河北之主的心愿。而她也与何太后一样，嫉妒成性。袁绍这一死，等不及下葬，她就把袁绍平时所爱的宠妾五人全部处死。即便如此，也没能解除她的心头之恨。刘夫人更采取极端残忍的手段毁坏尸体，让她们死后也不能与袁绍相聚，人性之泯灭，令人发指。而她的儿子袁尚也依葫芦画瓢，为防止报仇，把五妾的家属全部杀死。《三国志玉玺传》评论说"河北人人称悍妇，恶名四海尽知闻"。果然，等着他们的是破国亡家，身首异处。袁谭、袁尚、袁熙、高干全部被杀，河北全境落入曹操之手。尽管如此，毫无人性的刘夫人却活了下来。小说写曹操看在和袁绍故交的情分，善待刘氏。《三国志玉玺传》虽然也写曹操宽恕了刘夫人，但用了很长的篇幅描写刘夫人力劝袁熙的妻子甄氏顺从曹丕，并且直白地说："老身全赖儿身福，留下残生再理论。"她用儿媳妇换了自己的命。甄氏后来也陷入曹魏宫廷权力斗争的漩涡：郭贵妃为了争夺皇后之位，与宦官合谋，乘着曹丕生病，诬陷甄氏用巫术咒诅天子，甄氏遂被赐死。

刘表有两个儿子。长子刘琦，前妻陈夫人所生；少子刘琮，后妻蔡夫人所生。蔡夫人当然还是希望自己的儿子成为荆州之主。这其实也是刘表的想法，但出于种种顾虑，他一直不愿意决断，这才把蔡夫人推向了前台。

蔡夫人的哥哥蔡瑁，是刘表手下大将。早年，面对孙坚的大举进攻，蒯良主张坚守，蔡瑁则力主迎战，结果大败。蒯良认为按照军法当斩蔡瑁，但刘表刚娶了他妹妹，也就不了了之。此后，蔡家逐渐掌握荆州的军权，具有了左右荆州政治的实力。刘备来投时，蔡瑁就敏锐地感到家族势力受到了威胁，说"刘备心术不正，背义忘恩，先从吕布，后事曹公，近投袁绍，皆不克终，足可见其为人也。今若纳之，必惹曹公加兵，使九州生灵不安"，想要阻止刘表收容刘备，但被刘表斥退。刘备为刘表平定叛乱，蔡瑁又与蔡夫人商量，说："刘备遣三将巡境，自居荆州，久必为患。备为人忘恩失义，不可同守荆州。"小说写蔡夫人当晚就给刘表吹枕边风，为之后时时在屏风后偷听刘表与刘备的谈话埋下伏笔（在屏风后偷听是宋元平话中常用的桥段，《水浒传》也曾写柴进从屏风后转出）。蔡瑁所说，小说认为是进谗言，实际代表的是荆州本地豪强势力的一般看法。毛宗岗似乎很明白这一点，因而全面删除"刘备心术不正，背义忘恩""备为人忘恩失义"这样的负面评价，以维护刘备的光辉形象。

刘表也明白蔡家势力掌控了荆州命运，他酒后对刘备说："前妻陈氏生子刘琦，虽贤而懦，不足立事。后妻蔡氏生得刘琮，颇聪明。吾欲废长立幼，又恐碍于礼法。吾欲立长子，今蔡夫人族中皆掌军务，后必生乱。"刘备乘着酒兴，就直说废长立幼是取乱之道，不可以因为喜欢刘琮而立幼子；如果担心蔡家的势力，可以慢慢地予以削除。这下好了，全被屏风后面的蔡夫人给偷听了去。不让立她儿子为嗣，还要削了她蔡家的权力，能不"深恨之"吗？当然，刘表其实也不太高兴，小说写他对刘备回答的反应是"默然"。他大概是想听到"皇叔"刘备支持他立幼，这样就可以消除不遵礼法给他"江夏八俊"之名望带来的伤害。没想到刘备坚持立长才是对的，打乱了他的算盘，所以后来蔡夫人说刘备有吞荆州之心，建议先下手除掉他的时候，刘表就只是"不答，摇头而已"。不予以明确地反对，也就是默许蔡夫人私下行动。接下来的故事里，刘表虽然醒悟馆舍墙壁上的反诗是有人离间，却对蔡瑁这位最大的嫌疑人毫不追究，蔡瑁也就放心大胆地与蔡夫人商量设鸿门宴，但刘备最终靠了的卢马的神奇一跃逃过一劫。阴谋败露后，刘备派孙乾送信给刘表，指名道姓说蔡瑁要杀他。刘表大为光火，要杀蔡瑁，但是"夫人内面闻知得，急去厅前哀告情。景升虽作荆州主，蔡家宗党掌军情。故此夫人权势重，出言谁敢不依听。此时刘表依妻劝，厅前饶放蔡瑁身"（《三国志玉玺传》）。蔡瑁仍然没有受到惩处。

刘表病重，跟家人商量写遗嘱，打算让刘备扶助刘琦作荆州之主。蔡夫人听他这么说，"大怒，闭上内门，使蔡瑁、张允二人把住外门"，阻止刘琦来探视。刘表死后，蔡夫人又与蔡瑁、张允商议，伪造遗嘱，令少子刘琮继位。本来事情应该到此就可以结束了，可是就在这个时候，曹操大军压境，众议投降，蔡夫人从屏风后转出，对此表示赞同。在刘琦、刘备不知情的情况下，刘琮母子纳土称臣。曹操不战而得荆州，把蔡瑁等本地官员尽数封赏，却命令刘琮即日赴任青州。为除后患，曹操命于禁在半路劫杀。蔡夫人刚刚帮助儿子登上荆州权力的顶峰，就一同成了刀下之鬼。

2. 谁想汉天下却在汝手中

　　男性耽溺于女色，或者说女性魅惑男性，是民间文学热衷的主题，在明代尤其受到市民消费的追捧。说书色彩比较浓厚的《水浒传》，就充斥着这样的故事。《三国演义》虽然不像《水浒传》那样热衷于这个题材，但除了写曹操好色外，也写了许多婢妾与奴仆之间的私情故事，其中，又以貂蝉与吕布的故事最为人们所熟知。貂蝉是王允府上的婢女，吕布是董卓的义子，也被称为"家奴"。虽然他们是因为王允设计才认识的，但小说一开始就写貂蝉花园烧香，被王允责骂，认为是与人私通，算是奴婢私通故事的残留（学者也普遍认为这个故事是从史书《三国志》所载吕布与董卓婢女私通的传说演化而来）。与云英私通庆童、李春香私通苗泽的过场戏不同，貂蝉与吕布的故事在小说中有比较详细的描述，可以说是"董卓十回"中的重头戏。

　　貂蝉自幼选入王允府中，教习舞蹈和音乐。尽管王

貂蝉

吕布

董卓

三人之间的故事，被后世各种文艺形式不断演绎
出自毛宗岗《绣像第一才子书三国志演义》

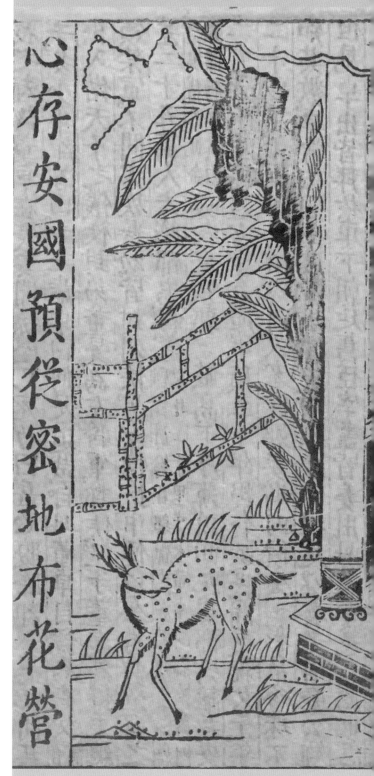

心存安國預從密地布花營

明代周曰校本中的王
允说貂蝉
日本国立公文书馆藏

志在除凶先向幽亭排錦陣

允待她如亲生女儿，但这并不能改变她奴婢的身份。所以，王允会毫不顾惜地把"女儿"貂蝉当作他施展政治阴谋的工具。同样作为牺牲品，孙权听从周瑜计策，操纵妹妹孙仁的婚姻，就引起吴国太的强烈不满。孙权与孙仁是同父异母兄妹，孙权的生母是吴太夫人，她去世时曾叮嘱孙权应善待妹妹，"择佳婿以嫁之"。孙仁的生母就是吴国太，她是吴太夫人的妹妹。吴国太骂道："周瑜匹夫！汝做六郡八十一州大都督，直恁无条计策去取荆州，却将我女儿为名，使美人计。杀了刘备，便是望门寡，明日再怎的说亲？须误了我女儿一世！你们好做作！"（毛宗岗评本删除了"周瑜匹夫"四字，语气明显减弱。）这虽然是诸葛亮算定的锦囊妙计，但也只有真正的母子才能中计。《三国志玉玺传》倒是给王允安了另一副心肠，临送貂蝉入董卓府时，王允"夫妻同把金樽酒，双敬貂蝉跪在尘。只因要救刘天下，故把娇儿入虎群。莫怨爹爹心肠硬，出于无奈救黎民……佳人说罢低头拜，司徒夫妇也沾尘。保国安家全靠你，用心在意定计文。十年管看如亲嫡，一旦分离好痛心。泪洒西风情切切，霜林风落尽沾痕。王允放声而大哭，貂蝉眼泪落纷纷"。这样的生死离别场面，给冷酷的权力斗争披上一层细腻的亲情面纱，让人感到王允好像跟董卓确实还有些不同。

元明时代口头流传的貂蝉故事可不是这么说的。综合《三国志平话》与杂剧《关云长单刀劈四寇》《锦云堂美女连环计》等所记录的故事，我们知道貂蝉原本叫任红昌，是忻州木耳村人任昂的女儿，汉灵帝时选为宫女，因为管理貂蝉冠（一种具有公侯身份才可使用的帽子），就被叫作了"貂蝉"。灵帝将她赐给丁原，丁原又将她嫁给义子吕布为妻。后遇黄巾作乱（《三国志平话》说是丁原作乱），她与吕布在军阵中失散，流落到王允家为婢女。一天，她看见大街上有一人骑着赤兔马经过，正是吕布，就在花园里设香案拜天，祈祷能与丈夫重逢。王允恰好撞见，乘机利用这一点，说："你如今肯替父亲出此一计，使我得阴图董卓，重整朝纲，便当着你夫妻们永远团圆。儿也，你休顾那胖董卓一时春点污，博一个救帝主万代姓名香。"（《锦云堂美女连环计》）等于是强逼着貂蝉替他卖力。之后，王允宴请吕布，吕布即席认出貂蝉，既惊喜又悲痛：喜的是夫妻分离之后，终有相见之日；悲的是貂蝉在司徒府为奴婢，失去人身自由，不能够夫妻团圆。明代传奇写貂蝉见了吕布，心里也是悲喜交加，不是滋味："谁想我夫妻今日重相见，恰便似枯树花开月再圆。想当初烟尘四起遭兵乱，俺间阻不觉三年。往常间香闺深阁重重锁，今日呵眺眼散春似洞天，相会了神仙伴。觑了他烦烦恼恼，好交我两泪涟涟……我昨宵黄昏月下烧香拜，谁想今日堂中会凤仙（奉先），怎不交我肝肠断？须臾见面，顷刻离鸾。从今后越添我心中恨，到不如今日休交我重相见，好似路阻蓝桥人渐远。"（《三国志大全》十《貂蝉见吕布》）可以想见，舞台上，二人当是无语相看泪眼，而这也解释了吕布何以会这么轻易就落入王允的圈套。《三国志平话》接着写吕布听说董卓娶了貂蝉，立即来到董卓府宅，正在廊下徘徊，没办法进去的时候，一眼看见貂蝉出来，不由得怒火中烧，"提剑入堂，见董卓鼻气如雷，卧如肉山"，一剑将他杀死。冲冠一怒为红颜，既合情合理，也为群众所喜闻乐见。与此类似，《水浒传》之所以受到欢迎，关键就在快意恩仇。相比平话的简单粗暴，《锦云堂美女连环计》更多着眼于貂蝉在吕布、董卓二人之间的周旋，并且也有类似凤仪亭貂蝉私会吕布，董卓、吕布兵戎相向的情节。

《三国演义》名场面——凤仪亭
出自上海人民美术出版社《三
国演义》

　　无论《三国演义》的作者是否知道舞台上的貂蝉本是吕布之妻，他并没有采用这一人物设定，而是给吕布另外安排了一位正妻严氏。通常以为，严氏这个人物在小说中没有起什么作用，只是貂蝉的一个分身。这种想法的根据是，严氏在反对吕布外出屯守时，说过这么一句话："妾昔在长安，已为将军所弃，幸赖庞舒私藏妾身，再得与将军相聚，孰知今又弃妾而去乎？"（毛宗岗评本）而《三国志平话》中，劝吕布不要分兵外出的正是貂蝉。她说："奉先不记丁建阳临洮造反，马腾军来，咱家两口儿失散，前后三年不能相见。为杀了董卓，无所可归，走于关东。徐州失离，曹操兵困下邳。倘军分两路，兵力来续，若又失散，何日再睹其面？"严氏的话很显然是从貂蝉的话改写而来的。当然，《三国演义》在写作上还是很讲究前后文一贯的。严氏所说的长安离散是指吕布率军迎战进逼长安的张济、樊稠、李傕、郭汜等"四寇"之事。当时，长安陷落，"吕布弃却妻小，引百余骑飞走出关，投奔袁术去了"，之后辗转投奔张杨。"庞舒在长安城中，私藏吕布妻小"，知道吕布下落后，就把她们送还给吕布。不曾想，这事被李傕、郭汜知道了，他们不但杀了庞舒，而且写信叫张杨杀吕布。吕布只好带着刚刚相聚的妻小，投奔张邈。张邈命吕布进攻兖州，占据了濮阳。很快，吕布被曹操击败，只好保着家小，投奔刚刚得到徐州的刘备。在那之后，直到下邳被围，陈宫献计劝吕布出屯，他们夫妻基本上就再也没有分开过。当然，我们也承认，严氏除了正妻身份外，确实没有什么存在感。那么，《三国演义》为什么非增加这么一个正妻不可呢？如果我们不惮以最大的恶意去揣测的话，或许小说作者是觉得貂蝉有失节之实，不应给她"妻"的身份。

"身份"确实很重要。在满朝文武只能"哭死董卓"、十八路诸侯又各怀不逞之心的时候，一个从未见过天下是什么样子的女奴却挺身而出，这样的反差可能更容易让读者感受到汉朝气数已尽的悲凉。王允说："谁想汉天下却在汝手中耶！"领着朝廷俸禄的司徒大人将匡复汉室的重担，一下就卸到了生长于家宅的婢女肩上，毛宗岗就此评论道："为西施易，为貂蝉难。西施只要哄得一个吴王；貂蝉一面要哄董卓，一面又要哄吕布，使出两副心肠，妆出两副面孔，大是不易。"要成功实现王允嘱托的连环计，貂蝉就必须隐藏真心，装出两副面孔。如果貂蝉从小在王家长大，与王允亲如父女，愿意对主人誓死效忠，那么，为大义忘记自己，于情于理都是可以实现的。如果《三国演义》采用貂蝉本为吕布之妻的人物设定，就很不同了。虽然王允对她也有收容之恩，但相比她与吕布的夫妻之情，显然要疏远得多。小说本身就常常提到"疏不间亲"，关系疏远的人难以离间关系亲密的人，那么，一旦脱离了主人的掌控，貂蝉怎么会不向丈夫吐露真情，而一心一意地要去执行王允的阴谋呢？也就是说，结果很可能会是吕布杀死王允，而董卓则将貂蝉赐给吕布，"皆大欢喜"。

实际上，小说就写李儒力劝董卓，不要因小失大，而董卓也立即醒悟，决定把貂蝉赐给吕布。对于意欲篡夺汉朝天下的董卓来说，美女赐英雄与宝马赠英雄本没有什么区别，他可以为得到吕布而放弃赤兔马，当然也可以为了笼络吕布而放弃貂蝉。明代传奇戏《连环计》更说董卓要派李肃去质问王允："去问这老儿，说貂蝉送与我，就说送与我，说送与吕布，就说送与吕布，一个人送得来不明不白，使我父子在家，吃醋捻酸，是何道理？讲得是，罢了；讲得不是，抓头回来。"眼看连环计就要失败，貂蝉又表演一番柔情，致使董卓反悔，又把李肃叫回。在这个场景里，如果貂蝉本是吕布之妻，眼见就要夫妻团圆了，脑子里闪过的第一个念头，难道不应该是欣然接受吗？这么好的机会不抓住，倘若有什么闪失，吕布反被董卓所杀，对于王允来说，董卓失去心腹猛将，当然也算是达到了目的；但对于貂蝉自己来说，岂不是永无夫妻团聚之日了？作为吕布之妻的貂蝉，显然无法做到冷酷无情。然而，作为"女儿"的貂蝉，就应该做到吗？

对评弹《三国志玉玺传》的编者来说，貂蝉不是锦囊中的一纸妙计，她首先是一个活生生的人，也会有自己的想法、自己的感情。而这些如果不披露出来，又怎么能够让人了解这位妙龄少女为王允作出了多大的牺牲。"吕布今年方廿五，容颜美丽又精神。更兼眉目多清秀，齿白唇红脂粉形。为此貂蝉心亦爱，两情相合一般同。"这是貂蝉与吕布初次见面时的心理，她对吕布是真心喜欢。可是，按照王允的预定计划，一切的海誓山盟都是逢场作戏，千万不能当真，之后她还得嫁给董卓，两面用心，促成吕布与董卓反目。不必说欺骗自己的心上人是怎样的煎熬，这样的任务能否完成，其实也是未知数。"佳人打扮多完备，不觉腮边两泪倾。奴奴今日拼身命，去探豺狼虎穴情。未知生死若何能？成得功名为万幸，只怕无功枉用心。奴奴既受恩爹命，生死难辞只得行。全靠上苍多护佑，使奴救得汉乾坤。"在梳妆完毕，即将被送入董卓府的时候，貂蝉心里也犯嘀咕，希望上天保佑她言行举止千万不要出错，否则就如王允所说："一败情由害满门。不独爹娘无葬地，吾儿一旦误终身。"当然，她也是抱着必死的决心："此行必把奸臣灭，管教父子两相争。若还天不如人意，甘心拼命报爹恩。"

尽管小说写貂蝉聪明伶俐，很懂得见风使舵，最终这出美女连环计也大获成功，但读者还是觉得撞大运的成分比较多。传奇戏《连环计》就专门加写了一场吕布被董卓羞辱，心生怨恨的前戏，为后来貂蝉的成功铺路。吕布在虎牢关连胜两阵，后与三英大战，被张飞挑落紫金冠。董卓询问战况，吕布不说失了紫金冠，只说赢了两阵，第三阵为避刘关张锐气，退兵回关。董卓正要嘉奖，见他不戴紫金冠，得知是战场失落，便说："金冠失在战场之内了，怎么反说得胜而回？好惶恐！好惶恐！"接着，他处罚报功的小校，又在众人面前数落吕布："你无功来献，旋师何面？不虑他又生机变。人人说你有万夫不当之勇，那刘、关、张三人，你还战他不过，你勇在那里？喂喂喂！好羞惭！空使方天戟，只怕你难寻束发冠。"这时候，王允听说吕布丢了紫金冠，立即派人送一项过来，董卓让吕布自己决定收还是不收。见他收了，就又说："蠢东西！那王司徒乃奸诈之人，他送金冠与你，反说什么好意，明明嘲笑着你。"继续数落他战场失利。董卓见他不高兴，安抚道："做老子的说了你几句，就是这等发恼使性！虽然如此，后堂有宴。"吕布不吭声，拂拂袖子，打道回府，心里说："可恼可恼！就失了金冠，也不为大事，怎么在众军面前，把我耻辱这一场！咳，正是人情若比初相见，到底终多怨恨心。"清代宫廷戏曲《鼎峙春秋》在此基础上，又给吕布的台词加了一句"恼了我的性儿，我就……"，更为真切。吕布夸耀自己的战绩，怎知被当众羞辱，脸上挂不住，心里怨不停，已经初露杀董卓之心。接着吕布到王允府上答谢，王允恭维他说："方今天下，别无英雄，惟将军耳。非敬将军之职，乃敬将军之才。"
又说金冠是自己女儿貂蝉亲手制作，安排貂蝉出来陪席。
一面是冷言讥讽，一面是甜言蜜语，可想吕布就这样一步
步走进了王允的圈套。

董卓死后，王允迅速接管了权力，"女儿"貂蝉则已
被他抛在脑后，只有吕布痴心尚在。听王允说要剿灭郿
坞余党，他第一个请缨。吕布抵达郿坞后，第一件事就
是"先取了貂蝉，送回长安"。元代杂剧《锦云堂美女连
环计》说吕布因功封王，镇守幽燕，而其妻貂蝉也荣显随
身。《关云长单刀劈四寇》接着讲四寇兴兵，说貂蝉劝丈
夫吕布别再与四寇交战，吕布便带领八健将离开长安，镇
守封国交辽地面去了。《三国演义》写作时还是比较照顾
历史脉络的，自然不会采用杂剧中这种论功行赏的故事模
式。《三国志玉玺传》则没有这种顾虑，觉得不应该忘记
吕布、貂蝉的功劳，唱道："吕布有功能灭贼，温侯官上
再加增。""貂蝉巧智除奸贼，赐归吕布做夫人。五花官
诰恩荣重，好与温侯早合盟。""貂蝉心下多欢喜，花容重
整做新人。温侯合卺同交拜，两意欢娱喜遂盟。连环今日

成连理，凤头簪子共全明。"这么一个才子佳人故事的大团圆，让人觉得宏大叙事之外的那个貂蝉，她的人生也是值得尊重的。弹词中提到的连环，是王允赐给貂蝉的玉连环，她当作定情信物赠给了吕布；而凤头簪子则是吕布从金冠上拔下，送给貂蝉的定情信物。有学者认为《三国演义》中虽然没有出现这个男女恋情故事的俗套，但连环计的"连环"原本应当就是指玉连环。这种猜想是有一定道理的。因为小说写赤壁之战庞统献连环计，就是把战船用铁索连接起来。这个"连环"是一个一个连接在一起的铁环，与玉连环一样，是具体的物件。

《连环计》采用的正是两位恋人互赠玉连环、凤头簪的经典桥段。不过，该剧中吕布包围郿坞寻找貂蝉时，她已假扮成军兵，先偷跑回了王允家。吕布误以为她已经死于乱兵，正自烦恼，王允邀他来与貂蝉完婚，喜得团圆。《鼎峙春秋》没有采用《团圆》一出，关于二人是如何再聚首的，也没有安排专门的演出，我们只能自行脑补。到曹操围困下邳时，貂蝉作为吕布的夫人才再次登场。她不仅劝吕布应该听从侯成的建议，"少饮酒，寻思出城之计

両情飄蕩絲絲翠柳醉儀亭

明代周曰校本展现的
凤仪亭一幕
日本国立公文书馆藏

意潛孚冉冉曉花近畫戟

方好",又劝解吕布别杀侯成（第二本第二十出《进谠言侯成受责》），显得颇有识见。《三国演义》中的貂蝉与此大为不同。面对曹操重兵包围，又决水淹城，吕布不思退敌，整日与严氏、貂蝉宴饮取乐。她与正妻严氏一样，都不愿意吕布离开。小说这么写的目的，就是想让人接受这么一个事实，即天下无双的吕布是因为"听妻妾言，不听将计"，才战败被俘，丢了性命。不过，小说也写陈宫面对曹操的质问，说如果吕布听他的话，未必不能取胜。这个"未必"到底是有几成的把握，他自己心里也没有底。面对曹刘联军，吕布的战败恐怕只是时间问题。在这种情况下，吕布沉湎酒色，固然不智，但貂蝉与严氏却也不可能为他取得战场上的胜利。《三国志平话》中，貂蝉哭着不愿分离，一句"生则同居，死则同穴，至死不分离"，让吕布这个痴情汉感动不已，意识到他的天平上从来就只有爱妻貂蝉这一个砝码。《三国演义》中的吕布，显然也继承了英雄柔情的一面。

而《三国志玉玺传》对吕布与妻小的快乐时光予以场景化呈现，特别是花了不少篇幅写天降大雪，貂蝉置酒为吕布散心，并请夫人、小姐一同赏雪："貂蝉爱玩冰雪景，迎风起舞捧金樽。飘飘宛是飞仙态，袅娜千回最引人。飘香绣带鸳鸯戏，扬采罗裙百蝶飞。珮环声合笙箫韵，脂粉香迷瑞霭清。温侯醉眼多欢爱，连饮金樽快畅情。"虽然这还不是吕布的最后时刻，读来却总让人有一种"虞姬虞姬奈若何"的悲怆感。

貂蝉没有像虞姬一样，在霸王面前自刎。吕布命丧白门楼后，曹操"将吕布妻小并貂蝉载回许都"。也就是说，貂蝉作为战利品，落入了曹操之手，很可能就成了铜雀台上为曹操守灵的伎乐。不过，明代周曰校刊本在这句话下添加了一条"补遗"，说"后操以貂蝉赐关羽，未久，羽恶蝉言辞反覆，激怒斩之"。曹操是什么时候把貂蝉赐给关羽的？小说中，关羽与曹操的蜜月期是在他听从张辽的劝说，"降汉不降曹"之后。那段时间里，曹操除了给关羽"上马一锭金，下马一锭银"这样的丰厚待遇，也对他的个人生活关心备至：关羽担心自己的胡须在冬天掉落，曹操就送他一个锦袋挂在胸前，好装他的美髯；关羽衣服破旧了，曹操就照他的身材定做了一套战袍；关羽的战马瘦弱，不堪乘坐，曹操就把吕布的赤兔马送给他。曹操如果要把吕布的爱妾赐给关羽，似乎也只有这个时候。实际上，小说也确实写了曹操曾送十名美女给关羽，而关羽则让她们与刘备的两位夫人一同居住，自己照旧孤守外宅。或许，这十名美女就是《三国演义》用来替代关羽斩貂蝉故事的烟幕弹吧。现代京剧《月下斩貂蝉》就按照这个思路，说貂蝉在这十名美女之内。

毛宗岗评论说："若使董卓伏诛后，王允不激成李、郭之乱，则汉室自此复安。而貂蝉一女子，岂不与麟阁、云台并垂不朽哉！最恨今人讹传关公斩貂蝉之事。夫貂蝉无可斩之罪，而有可嘉之绩，特为表而出之。"他的反感，充分说明关羽斩貂蝉故事还是很受欢迎的。

尽管较早演绎这个故事的元代杂剧《关大王月下斩貂蝉》已经不存在了，但明清以来的戏曲选本如《风月锦囊》《缀白裘》等保存有相关片断。这些故事里，貂蝉并不是曹操赐予的奖赏品，而是关、张兄弟的战利品。《缀白裘》中保存一则《斩貂》，说三将军张飞擒了貂蝉，送与二将军关羽铺床叠被。一日，关羽夜读《左传》，想到"妖女丧夫"，就把貂蝉叫来。关羽见她果然绝色，心想难怪董卓、吕布要起纷争。一通拐弯抹角后，他问："虎牢关上谁弱谁强？"貂蝉听得心惊胆颤，心想："论英雄，我儿夫吕布；眼前原有那刘备、关、张，我只得说人情，讲好话。"立即跪下，口称大王，说"论英雄，三将军天下无双"。关羽问："你丈夫吕布呢？"貂蝉说："我儿夫三姓奴，臭名难当。"之后又夸赞张飞英武，说他是黑煞星降世。关羽大怒，觉得貂蝉不义："俺关公今夜里斩了他，万世名扬！"面对一个满脸杀气的大汉，貂蝉不说真话，于情于理都是正当的。可是，关羽根本就没有把貂蝉当作一个人，他一早就打定了主意，要把貂蝉作为牺牲，献祭给自己的执念，又怎么会有兴趣去搞清楚她的真实想法？现代京剧《月下斩貂蝉》在《斩貂》的基础上，写貂蝉经关羽点破，唯有一死方可保持名节天下闻，遂主动引颈就戮，免除了关羽不仁的恶名。

《三国志玉玺传》自然也不会放过这个"红颜终须薄命"的故事：

关张来搜温侯宅，严氏夫人要丧身。登时即便投井死，美貌貂蝉失了魂。云长见了如花女，国色倾城无处寻。料他必是貂蝉女，便把囚车押起身。将他送入军营内，夜坐灯前唤美人。

面对绝色佳人，关羽想了很多。这么一个女子，反掌之间就让权倾天下的董卓覆灭。如今吕布也死了，就剩下一个貂蝉。他打算"暂把一言来试探，看他不负吕将军"，便问道："知你聪明世事能。且问当今龙虎斗，不知豪杰是何人？"面对这个刚刚虏获她的将军，貂蝉可有选择？她回答道，前朝有张良、韩信，今世就是刘、关、张有名，人人都知道桃园结义，四海之内无不仰慕你们三位。

关公见说言如此，眼前貂蝉心不平。容颜美貌心灵慧，忘义无情非好人。相迷董卓恩辜负，贪恋温侯误事因。不记丈夫当世杰，又来奉承吾三人。留之我入迷魂阵，日后终须遗臭名。不如及早叫他死，免得他年作祸根。

英雄难过美人关，关公害怕自己迷恋貂蝉，脑子里闪过自己像董卓、吕布那样身死名灭的妄想。怎么办？克制自己恐怕不成，还是先下手为强吧。可知无论是回答我夫温侯盖世雄，还是恭维将军人杰天下知，结果都一样，貂蝉本身才是那个答案。

便叫貂蝉来剪灯，美人已识就中情。含泪起身来下拜，将军饶恕阿奴身。起生放死修行去，大发慈悲念善心。关公见了微微笑，你要修行且慢行。若是今朝要你死，全了温侯一世名。

貂蝉立即明白关羽这是存心要杀她，哀求他放过自己。令人纳闷的是，出家修行为什么不可以成为一个选项呢？为吕布保全名节！既然如此，为何当初又要把貂蝉装车带回，而不是即时杀死？可知这个理由是多么虚伪。所谓"欣羡关公多美德，绝色佳人不动心"，如果真的是不动心，就应该扬长而去才对。明代传奇写关羽斩貂，就直白地说："你今日弃温侯，来近关，倘或你弃咱每，又近那边，迎新又要将咱贬。"（《桃园记·关斩貂蝉》）

"你虽不是江边别楚虞姬女，我交你月下辞咱命染泉。休埋怨，则为你花娇貌美，我恼你是绿鬓朱颜……则为你娇滴滴貌似花，美孜孜有玉颜，我气吼吼恶怒心间。"（《三国志大全》十四《关羽斩貂蝉》）说到底，亲手毁灭和长期霸占一样，不过是满足一己私欲，在本质上没有什么区别。

云长假意微微笑，我今不斩你之身。你当剪烛多明亮，待我观书坐一更。美人只得回身转，尖尖玉手剪红灯。眼中珠泪犹还滴，粉面油头已落尘。……可惜美貌如花女，因为花容丧了身。连环巧计今成梦，世变人亡负了身。

拙劣的演技瞒得过众人却瞒不了貂蝉。貂蝉清楚自己难逃一死，带泪朱颜，如同挑落的灯花，虽然毁灭，依然美丽。明代传奇对这一幕也很着迷，用慢镜头放大了每一个细节："明晃晃剑离匣，色辉辉龙吐涎，嗗嘟嘟鲜血如红茜。厮啷啷扯动连环响，赤律律油头落粉肩，透酥香染罗衣遍。你看他双眼睒睒合闭，一身倒在阶前。"（《桃园记·关斩貂蝉》）人们不愿意看到貂蝉以悲剧收场，也无法接受关羽这样的人格楷模做出如此泯灭人性之事。明代人诸葛味水，就特意改写了一出《女豪杰》，安排貂蝉修道成仙，可惜并没有保存下来。京剧《月下斩貂蝉》也有意改变斩貂的结局，留下貂蝉的性命，让她侍奉甘、糜二夫人，待刘备得了天下，再行封赠。

3. 三分多少英雄辈，不及东吴一妇人

东吴基业，创自孙坚。孙坚得到玉玺之后，便有图王之意。刘表接袁绍密信，邀截孙坚，遂结下仇恨。自此之后，"报仇"就成为《三国演义》里串联起孙吴创业故事的关键词。

"叵耐刘表，昔日断吾归路，今不乘时报恨，又待何年！"孙坚心中的复仇火焰一经袁术撩拨便旺盛不可遏止。他立即安排战船五百艘，渡江作战。而孙坚身死襄阳，正应了自己因藏匿玉玺而在袁绍、刘表面前发下

的毒誓。孙策用黄祖换回父亲灵柩，回到江东，虽然
"四方有才德者渐渐投之"，但自己竟流落至袁术麾下。
他以传国玉玺为质，向袁术借兵，理由之一就是父仇还
没能报。之后，孙策平定江东，又取庐江，定豫章，声
势大振，方欲与天下争衡之际，却遭遇许贡家客刺杀
事件。吴郡太守许贡被孙策绞杀后，家小虽然逃散，却
"有家客三人，要与许贡报仇"。三人乘孙策外出打猎，
伏击了他，而孙策最终也因为刺客造成的箭疮而死。尽
管孙坚、孙策两代人都没能完成报仇雪恨的夙愿，但许
贡家客苦心孤诣要为主报仇，也为之后孙权矢志复仇埋
下伏笔。

孙权接掌江东，继承父兄基业的同时，也继承了世
仇。他初次兴兵伐黄祖时，还没有真正掌握东吴的大权。
《三国演义》对那场战斗似乎没有什么兴趣，只用了一个
镜头就快进完毕了。当时，孙权的部将凌操轻舟当先，攻
入夏口，几乎就要取胜，却被甘宁一箭射死。凌操儿子，
年仅十五岁的凌统，奋力夺父尸而回。孙权见风头不对，
只好撤军回江东，而凌统与甘宁就此也成为仇敌，他们之

间的恩怨一直要到濡须口大战才得以了结。

小说接下来忽然插入了一个看起来与孙权的大业没有什么关系的故事。

孙权的弟弟孙翊在丹阳担任太守。他这个人有点像张飞，性格比较急暴，喝醉酒后常常鞭打士卒，因而引起部下的不满。他手下的都督妫览和郡丞戴员对他也早有积怨，想杀他很久了，只是苦于找不到下手的机会。他们知道孙翊平时好勇斗狠，到哪儿都让身边的仆从给他带着刀，于是，就跟孙翊的仆从边洪勾结在一起，打算趁着孙权正领兵四处讨伐山贼的空档谋杀孙翊。一天，孙翊治下的军将、县令都来到丹阳，要举办宴会。孙翊的妻子徐氏很聪明，对占卜很在行，她预测当日大凶，不可以会客。可孙翊却不信这个邪，坚持要赴宴。热情的孙翊没有任何防备，宴会结束之后，什么也没带，空着双手去送客人，而边洪则像往常一样，带着刀跟在孙翊后面。刚走到门外，他就抽刀，从背后砍死了孙翊。妫览、戴员假装不知情，立即抓住边洪，将他就地正法，碎剐于市。接着，他们乘势就要瓜分孙翊的家产和侍妾。

妘览知道徐氏是个大美人，提着刀就进了屋，对徐氏说，我给你丈夫报了仇了，你以后就跟着我吧，要是不愿意的话，你就别想活了。徐氏假意逢迎说，我当然愿意跟着您啦，可是我丈夫才刚死，人家心里还对他有点依恋。这样吧，等到月底给他办完了祭礼，那时候我脱掉孝服，再跟您成亲也不迟。妘览不知是缓兵之计，满心欢喜，就同意了。

徐氏暗地里找来孙翊的心腹旧将孙高、傅婴哭告说，先夫还活着的时候，常常夸奖两位将军是忠义之士，所以我不避羞耻，把二位将军找来。妘览、戴员这两个家伙谋杀了夫主，却把罪名全部推在边洪身上。如今他们把家产都瓜分了，妘览又想要霸占我。为免他疑心，我已经假装同意了。我想要你们一面赶紧派人去通知吴侯（孙权），一面秘密行动，想办法干掉这两个狗贼。希望二位将军看在我丈夫的面上，为我们报仇雪恨！孙高、傅婴二将哭答，吾等往日感府君知遇，之所以没有立即自杀，以死相报，是觉得那样也于事无补，不如想办法报仇，只是还没想出什么好办法，也就没敢跟夫人您说。今日之事，正是我们日夜所思，一定为府君报仇！

到月底那一天，二将埋伏在帷幄之内，徐氏则在堂前哭泣、祭拜。结束之后，徐氏脱去孝服，于静室沐浴熏香，浓妆艳抹，言笑自若。妫览得知，很是高兴，见婢女来迎，马上就来到太守府。徐氏让他上坐，设席对饮，假意说这就要跟他成亲了。妫览一听，正中下怀，很快就喝多了。徐氏见机，邀他进入内室，说是要拜堂。妫览才刚躬身一拜，徐氏即喊："孙、傅二将军何在！"二将即刻跃出，杀了他一个措手不及。徐氏马上又邀请戴员赴宴。戴员进屋，还没到厅堂，早被二将杀死。徐氏重新穿麻戴孝，把妫、戴二贼的首级，祭于丈夫的灵前。

等到孙权带领军兵星夜赶到丹阳的时候，徐氏已经将二贼家小杀尽，余党一个不留，没有他什么事了。他就封孙、傅二将为牙门将军，镇守丹阳；把弟媳妇徐氏接回养老。此事很快传开，江东尽人皆知，无不称扬。小说附诗称赞徐氏说："智节俱全守此身，报冤斩贼诈相亲。三分多少英雄辈，不及东吴一妇人。"三国鼎立，英雄辈出，有几位能像她这样忍辱果决，在不动声色中手刃仇人？相形之下，那位"侍婢数百，居常带刀，房中军器，摆列遍满，虽男子不及"的吴侯之妹孙夫人，反被作女子态的刘备哭昏了心肠，空有刚猛的性格（元代杂剧《两军师隔江斗智》中孙权交给妹妹的任务是刺杀刘备）。《三国志玉玺传》只喜欢薄命红颜，没有采用徐氏故事。毛宗岗虽然肯定徐氏才能，赞扬她是女先生、女将军、女军师，但毛宗岗评本改用"才节双全世所无，奸回一旦受摧锄。庸臣从贼忠臣死，不及东吴女丈夫"一诗，拿庸臣、愚忠与徐氏相提并论，相比明代的评价显然也要低得多。

在徐氏事件之后，小说的叙述又回到了孙吴"报仇"事业的主线。孙权终于将各处山贼平定，积累战船七千多艘。就在这个时候，吴太夫人病重，临终前将大权完全转交给孙权，并再次强调："江夏黄祖，有累世之冤，不可不报！善保江东，以成万全之计也。"（毛宗岗评本删除了这一句）来年春，尚在守孝未出服的孙权，迫不及待地要"去黄祖处报仇"。众议不决之时，甘宁来投了。孙权释小恨而报大仇，用甘宁计，终于斩黄祖而回。

读书至此，方知小说章法之严谨。孙权初次伐黄祖，几乎取胜，终因甘宁参战而以失败告终。徐氏为孙翊报仇，不等孙权到来，就已斩尽杀绝。徐氏忍辱含垢，临机能决断，其故事本身具有被独立传诵的价值。吴侯孙权领兵前来，立孙、傅二将镇守丹阳，而将徐氏迎回养老，虽然是恩养，但取消了徐氏的独立与自由，等于是将她的决断之权收回。徐氏能忍妫览而终得报夫之仇，凌统不能忍甘宁而终不能雪杀父之恨，此无他，徐氏能够自己掌握自己的命运，凌统则必听命于孙权，虽然不甘心，却不得不与甘宁共戴天。小说接着就写吴太夫人病故，这就如徐氏故事中的迎回养老，权力完成了移交。尽管孙权还是那个遇事犹豫的孙权，吴侯却不再是母亲与旧将"教导"下的吴侯。独自掌握权力，让他能够力排异议，决意出兵。恰在此时，甘宁偷过夏口，投诚江东，就如孙、傅二将被徐氏秘密召至，为成功提供了保障。凌统与甘宁有杀父之仇，孙权则与黄祖有杀父之仇。吕蒙对甘宁说，吴侯广纳贤能，用人之际，不记旧仇；孙权对甘宁说，兴霸此来，我必获黄祖，何念旧怨。孙权不记甘宁旧日之仇，就如徐氏能忍妫览一时之辱。事成之后，甘宁升为都尉，镇守夏口；二将封为牙门，坐镇丹阳，各领实权。而凌统封为承烈，嘉奖其志，也如徐氏迎养于家，褒扬其德，各不能遂其初衷。

纸面上的堂堂军阵

战争描摹的艺术

从画像石到壁画、绘卷，我们能看到不少表现军阵或者战场画面的作品，更不用说从秦始皇陵到明代王陵的兵马俑陈列，让人得以跨越时间，身临其境。唐代的变文讲唱，除了口头讲说以外，也有视觉上的辅助呈现。尽管我们今天所能看到的《汉将王陵变》等敦煌变文写卷没有保留图像的部分，但文字上往往有此处应该向听众展示某个画面的提示语。南宋时代刊行的《大唐三藏取经诗话》讲述唐三藏西行取经的历程，每一个故事的题目都写成某某处，可知，虽然没有配刻图像，仍然是延续了讲唱表演配合图像展示的形式特征。近来发现的一些西游绘画作品，尽管有些可以与《大唐三藏取经诗话》相对应，但绘制年代都比较晚，是否渊源自南宋的故事讲唱，没有办法证明。

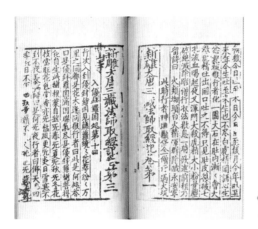

《大唐三藏取经诗话》
书影，"入优钵罗国处"

　　当然，那时候出版的文字与图像相配合的书籍，并非没有实物留存下来。宋代刊刻的道教、佛教经典，就有不少是采用图像与经文相配合的形式。其中，与通俗文艺关系较为密切的，可能要数南宋的《许真君诗传》了。这一诗传，又称《西山许真君八十五化录》，为每一个故事单独列出标题，称为某某化，每一化配以诗赞，就好像明清时代章回小说每回附以诗赞的样子。虽然某某化与《大唐三藏取经诗话》某某处的标题不同，但也为图像的插入带来了便利。《许真君诗传》在元代重新出版，就为每一化配以图像，改名叫作《许太史真君图传》（现存最早实物为明早期刻本）。这样的出版物，或许可以称为真正的"图书"，不仅带来视觉上的便利与享受，也可以帮助读者理解和想象文字描述的场景。元明时代的小说、戏曲等通俗文艺读物，纷纷采取配刻图像的形式，称之为"出相"，就好像以前有一阵子流行为老京剧唱片搭配拍摄相应的影像，称之为"音配像"。在相同价格或者价格差别不大的情况下，没有图像的与有图像的放在一起，粗制滥造的与精工绘刻的放在一起，我想读者不难作出选择。这既是印刷技术发展带来的书籍外观变化，也是商业出版发达引发的消费潮流转移。

《三国志平话》全称《至治新刊全相平话三国志》，书名中的"全相"是指这本书每一页的上端刻有图像，从光武帝游园赏春开始，配合文字逐一展示画面，包括大破黄巾、三战吕布、三出小沛、水淹下邳、关斩车胄、关刺颜良、关斩蔡阳、马跃檀溪、当阳救主、拒水断桥、赤壁鏖兵、曹璋射周瑜、张飞刺蒋雄、马超败曹公、庞统中箭、黄忠斩夏侯渊、张飞捉于昶、关公斩庞德、水淹七军、射死张郃等许多战斗场面。现存三十多种明代版本《三国演义》，绝大多数也都配刻图像。这些图像虽

南風一陣衆官皆不喜周瑜自思吾措妙計使曹兵
片甲不思諸葛情了武功衆官俱問吏報曰外有先
生言具諸葛捐如接官出迎至先諸葛見面拜遯上
唱分算車而坐是諸葛叔伯兄弟諸葛瑾延食到
帳官皆散周瑜沐帳內逼諸葛瑾侍坐言曰怨知眼
葛不仁衆官拳火池言祭風諸葛瑾對曰我家卜龍
竈下言說而丟前從數日說諸葛北飛江岸築土高
基後三日却說黃盖多裝糧草外有二隻紅船至夏
瑜數大官人呌水軍都到夏口城外黃盖
口人告曹操黃盖糧草以起其蒙曹操笑而迎後
說軍師受量衆軍到粮口諸葛上基望見西地火起
却說蒙葛被省黃衣披頸流足左手提朝叩牙頂法
真風大發為□　　自古雄時人□速農周

《三国志平话》图文
并茂的展现形式

群英

軍愁甚重官不做甚戒示加黃蓋又言軍師
不知城蔡瑁張允書已投周瑜瑁幹大驚為黃蓋
与小官蔣幹要看書看了大驚此事惹黃蓋自寫數書盡
蔣幹与曹幹斷乾一人絕其後惹黃蓋相爭數書盡
言我投曹操將五百粮草獻与曹相上船二人說話到
次日送蔣幹起路却說蔣幹上船天曉至大
幹又言快說曹操察瑁投周瑜具說其事將來呈曹公大喜將
來又見曹相具說其事曹操看了黃蓋降書大喜將
言日吾聞黃蓋之德來如此若未吾必重用于
与黃蓋書周瑜言日大事可成也加官賜賞与于番
黃復回至江南岸元帥周瑜曰破曹操百才在
元帥令近上官人衆官看周瑜曰衆怎詳將至筆觀手
於一時吾使一計衆怎詳將至筆觀手心裏寫个字
惹同此計當也於手心寫却衆人做个以火退衆官元帥
者當也於手心寫却衆人做个以火退衆官元帥對
手內觀官以公字无有不喜者看周瑜次暗觀軍師對
軍師言此計者為以火光也出在管仲安人路千古法
惟軍師手相諸葛曰此二計好計至十日
如何得撲軍敗周瑜曰軍師令風字如何軍師曰
火咱宗在東南曹操柴在西北至時借風勢不順
言衆官撲尖尖字亦助周瑜曰軍師令風字如何之陰將
造化不能起風軍師又說有天地三人而會祭風咒

然只呈现事件的某一个瞬间，但在一定程度上弥补了文字描述的不足，帮助读者想象战场上的瞬息万变与惊心动魄。

大概是从明代周曰校本开始，《三国演义》出现了整版大幅的图像，这当然得益于文字刊刻与版画绘刻的分工。尺寸的扩大，使得画面对各种细节，尤其是战场的表现，更为细腻生动。而英雄谱本则把图像全部集中在一起，作为附册，另行印刷。这样印刷精美的书籍，面向的不是一般的消费者。时至今日，古籍收藏者对版画艺术的追捧，也推高了这类书籍的价格。清初出版的毛宗岗评本，继承了周曰校本、英雄谱本配刻大幅版画的做法。不过，毛宗岗评本的卖点并不在图像，而在每一回之前的长篇评论。稍后印刷的毛宗岗评本，慢慢地就不再有图像了。这当然是节约成本的做法，但也可以想象，毛宗岗评本的目标消费者发生了变化。从晚明以来，经、史、子、集四部的书，都出现大量的评点本。这种评点本与科举考试的作文评点有关，大都标榜出自状元或者名家之手。小说评点，作为出版业追捧的潮流，也在这一时期兴起了。

毛宗岗评本应运而生，以长篇的《读三国志法》配合回评、夹注的方式，呼应了消费潮流的转向。为了蹭热度，毛宗岗评本的不少版本就在前面加上了金圣叹的序。众所周知，金以腰斩《水浒传》而著名。

今天我们方便读到的《三国演义》整理本，不论是以毛宗岗评本为底本，还是以所谓存世最早的嘉靖本为底本，加以标点整理，既没有保留古人的评点，也没有提供任何一幅图像。风靡一时的小人书，确实以图像的形式完整呈现了三国故事，但这样的出版物，似乎已经淡出阅读市场，而成为人们缅怀青春的收藏品。尽管如此，今天的读者并不是只能靠自己来想象那段风云往事。就像过去的人们，除了阅读和听讲以外，也可以通过戏剧舞台上的武打表演来观看三国争战。现代人尽管较少观看戏剧，但动画、电影、电视剧等各种形式的"活"的三国故事，足以把战场搬到眉睫之前。当然，这些声光电的展演，说到底也还是建立在小说叙述的基础之上，如果没有阅读或者没有读懂小说，恐怕也难以有打动观众的影像呈现。

1. 军以将为主

通常来说，人们对小说《三国演义》中的战场记忆最深刻的，恐怕是类似关羽温酒斩华雄或者刘关张三英战吕布这样的"将对将"画面，以为古代的战争就是像小说中这样，交战双方众多的士兵，或者呐喊，或者干站着，围观武将决斗。元明清时代的小说版画往往也热衷于呈现武将之间的对决。之所以有这样的印象和呈现，有许多方面的原因。民间口传文学，一般都是以英雄个人的英勇搏斗为叙述中心。而戏剧表演，也总是有一个主角，即使是打斗场面，也是主角的打斗。以现代观众最为熟悉的京剧为例，主角背上插着的旌旗，就可以代表千军万马，而小兵手上旌旗摇一摇，即可代表两军交战；能够具体呈现在观众面前的，恐怕也就只有将军之间的短兵相接了。就小说叙述本身来说，对于作者和读者都极度关心的英雄人物的个人武勇，又该如何表现呢？如果只是写他率领大军突击，取得战斗的胜利，似乎难以展现他的个人能力。与敌将对决，而且是在众目睽睽之下的对决，既可以让小说中的观众看得"痴呆",也可让读者觉得英雄确实不凡。另外,就小说整体来说,这样的武将决斗也坐实了小说不断强调的"将在谋,不在勇":决斗场上令人闻之色变的猛将,无论是吕布、马超还是关羽,最终都在智谋之士面前败下阵来。文人谈兵、文人掌兵、文人用兵,虽然并非明代特有的现象,但在中晚明却极为突出。不必说王阳明用兵取得了被人传颂至今的丰功伟绩,即使是在宪府大员门下游走的山人,也都自命不凡,认为一己谋划胜过强兵百万,足以为国家守卫疆土。如果把《三国演义》放回到明代的社会环境中去,不难理解,坐在书桌前奋笔疾书的作者,胸中那一颗勃勃雄心,能够引发多少文墨之士击节共鸣,感慨时不我遇。

当然,除了两将出阵对决这样的舞台化呈现外,小说也写了不少较为具有真实感或者说较为具有战斗体验的场景。这样的场景中,将帅或者英雄人物率领军兵冲锋陷阵,就不再是独自出阵比武,而是战斗中真正的一员。小说刚开始时剿灭黄巾军的战斗,除了用几场单挑表现张飞、关羽之武勇外,其余大体上都是各将领率军冲锋、伏击、攻城等，在这个战斗过程中射死或斩杀对方将领。特别值得举出的是围攻宛城的最后一战。小说在描绘这场战斗时，并不是简单地罗列战果，而是既加入帷幄中决策的情节，也对战斗场景作了较为生动的展现。

张角被平定之后，余党赵弘、韩忠、孙仲又起大兵十万，说要为张角报仇。朱隽受命领军六万前往讨伐，走到宛城，就遇到韩忠率军抵抗。双方在城外列阵交战。朱隽命令刘、关、张率军，攻打宛城的西南面，并且大张旗鼓，吸引对方投入战斗。见此情形，韩忠率领所有精锐前来，抵御进攻。刘备的军队与他们从早上七八点，一直战斗到中午一点左右，无法取胜。这个时候，朱隽亲自率领两千铁甲骑兵，攻击宛城的东北面。韩忠担心宛城有失，不敢与刘备军继续纠缠，决定立即回军。刘备则率军紧跟在后面追杀。韩忠军大败，奔逃进城。朱隽顺势分兵，从四面包围了宛城。

城中很快就断粮了。韩忠派了一名使者出城，想要投降。不错啊，敌人投降，战争不就结束了吗？刘备赶紧带着这个人来见主帅朱隽，并劝他接受。但朱隽认为他们只是因为形势急迫，想要避免被歼灭才打算投降的，这样的话，官军一来他们就投降，官军一走他们又反了，会养成贼势，所以坚拒。刘备接着建言说，现在的宛城被我们包围得像铁桶一样，一个人都跑不出来。如果不允许贼军投降，他们就面临绝境，必然要拼死抵抗，万众一心，战斗力是很惊人的。何况城中不下数万的决死之人，谁能够抵挡得住他们的攻势？不如打开个缺口，撤走东、南两面的军队，只在西、北两面加紧攻城。贼军见有一线生机，一定会弃城而逃，没有心思再跟我们拼到底的。这个看法得到朱儁的首肯。果然，韩忠率军逃离宛城，朱儁率领大军追杀，射死韩忠，其军四散。就在这个时候，赵弘、孙仲的援军赶到，立即投入与朱儁军的战斗。朱儁抵挡不住，撤退三十里，安营下寨。

时任下邳丞的孙坚，听说黄巾军再次兴起，就地招募了许多社会青年、流寓客商以及淮泗之间的精兵，共计一千五百多人，起兵前来接应。孙坚这一千多生力军的到来，为刚刚吃了一阵败仗的朱儁军补充了新鲜血液，振奋了士气。朱儁决定再次进军，部署三面包围宛城，让孙坚军攻打南门，刘备军攻打北门，朱隽自己则率军攻打西门，留出东门一条生路给贼军逃走，避免他们死磕到底。

上述战斗，小说大体只是对时间、方位、人数以及参战部队加以简单罗列，虽然读者可以借此得出一个大概的印象，但对战场的全景，特别是战斗的具体过程并没有什么了解。接下来的攻城战，小说改变了写法，选择了几个颇具现场感的画面，向读者展示战况的激烈：

> 是日，孙坚首先登城，斩贼二十余级，贼众奔溃。赵弘飞马突槊，直取孙坚。坚从城上飞身取弘，手夺弘槊，直刺下马，却骑弘马，飞身往来杀贼。孙仲引贼突出北门，正迎玄德，无心恋战，只待奔逃。玄德张弓一箭，正中孙仲，翻身落马。朱隽大军随后掩杀，斩首数万级，降者不可胜计。

小说没有描述众多的部队是如何四面攻城的，也没有描述守城的黄巾军如何反击，而是选取孙坚这位攻方的将领作为描绘这场战斗的落笔点。我们可以脑补，攻城将士应该是架设了云梯之类的攻城器械，而孙坚身先士卒，亲自登梯。他率领自己的部队，第一个登上城头，突破了守军的防线。有人登城，守军势必反扑，否则对方将源源不断地涌入，城池也将陷落。面对围杀过来的守城军兵，一通拼杀，孙坚立斩二十多人。而敌将赵弘当然不希望孙坚继续扩大战果，他要堵住这个缺口，拍马直取孙坚。小说没有写赵弘的行进路线，我们也只能自己想象，他应该是策马来到城墙边，试图沿着走马坡道，冲上城墙。也只有这样，孙坚才有机会从城上飞跃而下，把赵弘扑杀落马。孙坚夺了他的武器，翻身上马，顺势往来冲杀。这个连续动作的描写，既可见战场瞬息万变，也可见战斗之激烈。不必说，孙坚的部队势必攻破南门，宛城即将陷落。孙仲心知南门失守，感到不妙，率军从北门突围出城，正好与刘备的攻城部队相遭遇。他们已经丧失斗志，不打算与刘备军纠缠拼命，只想冲出一条血路，逃跑了事。在此两军乱战之中，刘备张弓，一箭射落孙仲。这个时候，朱儁也率大军追来，斩杀无数，取得了最终的胜利。

这场攻城战，不能说描写得不精彩，但确实有太多的细节需要读者自行补充。我们知道，宋明时代的兵书对军事器械、战阵攻守技术是有很详细的解说的，我们不太能确定，作者究竟是因为缺乏足够的军事知识或者亲身体验，没办法作出应有的描述，还是因为对具体的作战细节，根本就提不起写作上的兴趣，所以不愿意写出来。实际上，整部小说，除了决水淹城的计策，就没有想过攻城战需要怎样的技术。不过，公孙瓒与袁绍的界桥大战，作者倒是罕见地提供了战场部署的细节。

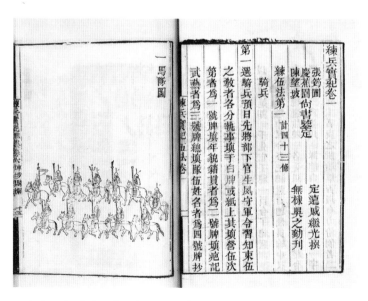

明代戚继光《练兵实纪》对阵法有详细解说

　　这场大战起因于袁绍夺取冀州的阴谋。袁绍采纳麾下谋士逢纪的计策，写信给公孙瓒，约定一同出兵冀州。公孙瓒贪利出兵，袁绍轻松从韩馥手上骗得冀州。公孙瓒听说后，派自己的弟弟公孙越去见袁绍，希望按照约定，平分冀州。袁绍则派人假扮董卓军队，杀死公孙越。公孙瓒这才明白自己被人利用，立即起兵报仇。两军会于磐河，公孙瓒骂袁绍：昔日以为你忠义，没想到是个"狼心狗行之徒"。曹操杀死吕伯奢一家时，陈宫对曹曾有此评价。小说在此将这一恶评用于袁绍骗取冀州的行为，无疑是对阴谋诡计的极度厌恶。这是《三国演义》前半部的基调：一方面是武将"勇而无谋"，另一方面是谋士"智而无行"。忠厚之人，即使是州牧，不丧命于武将的刀锋之下，必失陷于谋士的筹策之中。直到小说后半部，天纵英才，轮到皇叔一方的诸葛亮出场，评价的标准才发生改变。由于背负了匡复汉室的忠义之名，"阴谋"便华丽转身成为"韬略"。那时的武将，即便是有勇又有谋的老将，也不过是任军师摆布的棋子；而舞台中央上演的，则始终是见招拆招的对手戏。

公孙瓒与袁绍的冀州争霸，武将仍然是主角。公孙瓒在磐河遭受文丑的追击，幸得赵云出手相救，才回归本寨。这场失利，是界桥大战的前奏。公孙瓒回寨后，立即整顿甲兵，次日，先派了一支由二千匹白马骑兵组成的先遣队巡逻至界河，占据有利地形。他随后挥军前来，将骑兵分为两队，各五千余匹，布置在步兵的左右两侧，形如羽翼。由于刚得到赵云，公孙瓒还不了解他的实力，就命他率领五百人居于后翼，另以严纲为先锋置前。他自己则率领中军，马前树立一杆大红圈金线帅字旗。

面对公孙瓒的军阵，袁绍命令颜良、文丑担任先锋，各自率领一千弓弩手，分别布置在左右两侧。明代版本说袁绍给这两队的命令，是左边的那队负责射击公孙瓒的左翼，右边的那队负责射击公孙瓒的右翼。毛宗岗发现这明显是想当然，不符合战场上的实际方位，于是改为左队负责公孙瓒的右翼，右队负责公孙瓒的左翼。袁绍的中军由麴义率领八百名弓箭手、一万五千名步兵组成，摆出圆形阵列。袁绍自己则率领骑兵、步兵数万人，留在后翼准备接应。

公孙瓒军从早上七八点开始擂响军鼓，一直到十点左右，袁绍军却并不响应，没有朝着公孙瓒一方进军的意思。很明显，面对两翼的骑兵，步兵冲锋就是送死。麹义命令自己的部队不要受对方战鼓的影响，让那八百名弓箭手全部躲在挡箭牌后面别动。这个时候，严纲按捺不住，率军发起了冲锋。眼看严纲军就要冲到跟前，麹义仍然按兵不动。直到差不多距离几十步远，敌军已经进入弓箭射程之内，麹义这才点放信炮，让八百弓箭手齐射，瞬间改变战场局势。严纲急忙要回撤，已经来不及了，被麹义赶上，斩于马下。而公孙瓒的两翼见前锋步兵大败，想要利用骑兵优势冲击袁绍军，却被颜良、文丑的弓弩手射住，无法前进。麹义乘势率领中军万人发起总攻，直杀到界桥边。他一马当先，砍死执旗将。公孙瓒见帅旗被砍倒，与麹义交手又无法取胜，拨马下桥就跑。麹义自然不舍，直追到后军。幸亏后翼的赵云率五百将士坚守不动，见敌将前来，跃马刺麹义于马下，就此一马直出，杀入袁绍军中。身后，公孙瓒也立即率军杀回。此时袁绍中军虽然已空，因探马来报麹义追败军去了，便毫不防备。袁绍脱离后军，只随身带着持戟步军数百人、马弓手数十骑，突出观战，与田丰笑骂公孙瓒无能。等赵云冲到面前时，弓箭手急射已经来不及了，公孙瓒的部队迅速包围了袁绍这区区几百人。

田丰劝袁绍到墙壁间躲避，袁绍把头盔摘下来扔在地上大叫："大丈夫愿临阵斗死，岂可入墙而望活乎！"主帅的话，鼓舞了众人的士气，这几百人齐心死战，赵云竟然冲突不入。这时，袁绍的后军赶来，公孙瓒同赵云立即回撤，又遇到赶来的左军颜良、右军文丑。明代版本只提到"左颜良"，毛宗岗评本也延续这一描述，还把下文的"三路"改为"两路"；但文丑军不可能傻傻地守在原地不动，应是原书刊刻时有遗漏。面对三路围剿，赵云保着公孙瓒杀出重围，袁绍挥军直追，又到界桥。两军落水而死者不计其数，士兵的尸体几乎填平了河道。这时，袁绍当先追过界桥，走不到五里，山背后出现一彪人马——刘、关、张来增援公孙瓒了。袁绍大惊失色，手上宝刀坠于马下，拽住缰绳就要往回跑，得众将赶来，救过桥去了，公孙瓒也收军归寨。

这场战斗，场面之恢宏，战机之万变，厮杀之激烈，足令读者屏息。与两军大将之间令众人看得"痴呆"的单打独斗相比，这样的战场描写更具有真实感和技术含量。可惜，英雄谱本对这场战斗没有什么兴趣，周曰校本以及清初印刷的毛宗岗评本，所附版画也只有展现赵云英勇瞬间的《赵子龙磐河大战》。而类似这样的战阵描写，小说此后就再也没有出现，仅官渡之战稍有提到布置弓弩等兵种、器械而已。实际上，战斗一定是一个一个的士兵用血肉之躯打下来的，而众军混战中的大将，其实也不失其光彩：赵云一骑飞入敌阵，几乎扭转战局；袁绍宁死不躲避，也激发了将士的决死之心。小说后来写关羽刺颜良，一骑飞入百万军"如波开浪裂"，用语固然相当生动，但其实是用文学修辞文饰具体场景的缺失；周瑜南城中箭，吴军不战，他在病床上大喊"大丈夫既食君禄，当死于战场，以马革裹尸，幸也，岂可为吾一人而废国家大事乎"，读来也觉气弱。

2. 岂不知狭处用火攻

按照五行终始的观念，汉属火德，写汉末之事，也离不开火。《三国演义》的第一场火，发生在洛阳。董卓决意迁都长安，临行前，四门放火焚城，皇宫、民居焚荡殆尽。孙坚入城的第一件事，就是发兵救火。他的部下在清理皇宫余烬时，发现了玉玺。玉玺的出现，则让这把火烧向了忠义联军。孙坚与袁绍大打出手，联军也很快分崩离析。

小说中，战场上第一次用火也与董卓有关。吕布，这位董卓曾经的义子、得力战将，因杀了董卓，战"四寇"不胜而逃出长安，辗转流落到张邈处。他听从陈宫的建议，乘着曹操进攻徐州的空档，攻占了曹操的根据地兖州。曹操回军，与吕布初战失利，刚好遇到大雨，各自退兵。随后陈宫献计，安排濮阳富户田氏假称吕布领兵在外，城内空虚，诱使曹操进濮阳城，然后四门放火，伏兵并起。曹操谋士刘晔虽然提醒他恐有诈，但曹操得城心切，最终将部队分为三队，两队埋伏在城外接应，一队入城。白天的战斗，侯成、高顺诈败退回城中，又放出几名士兵谎称是田氏的秘使，约定晚上以鸣锣为号，即可进城。曹操拨夏侯惇领兵在左，曹洪领兵在右，伏于城外，自己则亲自率领夏侯渊、李典、乐进、典韦入城。李典劝曹操在外等候即可，曹操喝斥说："我不自往，谁肯向前！"

当晚七八点，月亮还没出来，只听见西门上吹响螺号，喊声忽起，火把乱动，城门大开，吊桥放下。曹操争先拍马入城，但一路上直到县衙都没有看见一个人，心知中计，拨马大喊退兵。此时，一声炮响，四门一齐火发，喊声震天，各路伏兵四面杀出。典韦杀出城，不见曹操奔出，反身杀回，四处寻找不到，只好又再杀出。曹操失去典韦保护，自己匹马冲突，火光中看见吕布挺戟跃马而来，赶紧低头掩面，纵马而过。黑夜中，吕布追上，用戟在曹操头盔上一磕，问："曹操何在？"曹操谎称前面骑黄马的那个就是。吕布终究心地仁慈，没有一戟杀死这个不知名的曹将，而是立即拍马向前去追赶莫须有的"曹操"。而真正的曹操则拨转马头就走，正好遇到典韦又杀进城来，典韦就保着曹操杀开一条血路。他们来到城门边，遍地是火，典韦在先跃马而出。这时，城门上崩下一根火梁，正巧打中曹操战马后胯。曹操随战马倒地，徒手

吕布濮阳破曹操
金协中绘

托起火梁，手臂、须、发都被烧伤。典韦回马来救，恰好夏侯渊也赶到，两人救起曹操，突火而出，混战到天亮，才终于回寨。此战，曹操极其狼狈，靠着典韦死战救出重围，才侥幸未死。

他将计就计，诈称烧伤过重，回寨已死，诱吕布劫寨。吕布果然中计，经死战，得以逃脱，败回濮阳，坚守不出。这一年，蝗灾爆发，粮食极度匮乏，双方不得不休战。此后，曹操乘吕布外出筹粮，收复兖州，乘胜又攻克濮阳，进至定陶，连日不战，退四十里下寨，派兵抢割田中熟麦。吕布见曹操军寨旁有密林，疑有伏兵，不敢攻击，决定用火攻破之。次日，吕布驱兵大进，四面放火，林中却空无一人，反被寨西曹操伏兵尽出，杀败而回，只得放弃定陶，投奔刘备而去。有意思的是，曹操与吕布的交锋，初以火败，终以水胜。吕布的最终被擒，虽然直接原因是侯成盗走赤兔马，宋宪、魏续乘他睡着，偷了方天画戟，把他五花大绑，送与曹操，但根本原因是下邳被曹操决水淹城，吕布已经陷入无路可逃的绝境。

小说再次写战场用火，已经是官渡之战了。袁、曹大军在官渡相持不下。曹操正进退不能之际，没想到旧友许攸来降，并告以火烧粮草之计，给他带来了一线生机。曹操力排异议，迅速安排好本寨防卫，到黄昏时分，即亲自率领五千军兵，打着袁绍旗号，人衔枚，马勒口，静悄悄地向乌巢进发了。一路上，他们骗过各处守卫袁军，到达乌巢已经是后半夜了。曹操命令周围点火，率众将校直杀入营，活捉淳于琼。杀散他所部军兵后，曹操又命令换上他们的衣甲和旗号，伪装成乌巢败军，走山间小路返回本寨。正走着，迎面遭遇袁绍派来增援的蒋奇军马。蒋奇听说是乌巢败兵，便不理会，径自前进，被张辽出其不意斩于马下，蒋奇军兵也被尽数剿灭。回寨后，来袭的张郃、高览苦战不胜，又遭谋士诓骗，干脆倒戈，投降了曹操。这场奇袭，曹操既烧了乌巢粮草，又劫杀了援军，还收降了张郃、高览，从根本上扭转了劣势，为后续的胜利奠定了基础。而曹操平定河北的最后一战，又戏剧性地以水淹冀州城告终。快速掘进，一夜之间决水淹城，可以说是曹操军队熟练掌握的一项军事技能。

不过，要说《三国演义》中哪位最善于使水，看起来恐怕非武将关羽莫属。这方面最耀眼的战绩就是水淹七军。这场让他"威震华夏"的空前胜利，并不完全是靠天靠运气。在那之前，关羽就有过水淹曹军的经验。那是在曹操（《三国志平话》说是夏侯惇）进攻新野之时，关羽率领一千军兵在白河用沙袋截住水流，听到下流曹军渡河，取出沙袋，一面放水淹军，一面顺水冲杀下来。而张飞的一千军兵早守在水流迟缓的博陵渡口，等着水淹余生的曹军再落进他的埋伏圈。当然，水淹曹军并不是关羽想出的计略，而是诸葛亮的安排。这样的战术运用也并非没有先例。那是在汉朝建立之前，韩信在淮水用同样的方法，水淹楚军，杀死项羽的骁将龙且，平定齐国。

诸葛亮懂得用水，更懂得放火。他一生的征战，无论是七擒孟获，还是六出祁山，总离不开"火攻"二字。而善于用火是从他初出茅庐时就打出的招牌。作为一个日上三竿还在"草堂春睡足"，并且从未亲身力战的白面少年，诸葛亮虽然被刘备三顾出山，拜为军师，但众人对他可以说是毫无信任感可言。他亟须在刘、关、张面前露一手，以压服众心。就在这个时候，神助攻出现了。这年秋天，夏侯惇向曹操请缨，率领十万大军进攻刘备。元代《三国志平话》没有博望坡，所说刘备、诸葛亮在山顶饮酒、古城放火、水淹曹军等事，在《三国演义》中都是曹仁进兵新野时发生的。元杂剧《诸葛亮博望烧屯》特别强调了博望坡，但提及的战场还包括新野城，与《三国志平话》比较接近。清代车王府曲本《博望烧屯》也仍然是写曹军在新野城中搭锅造饭，火起被烧。可见民间口头流传的诸葛亮火攻故事，基本上是讲在新野的空城中布设用火，与小说所写陈宫濮阳城放火比较接近。《三国演义》并不满足于对民间故事照单接收，而是把博望烧屯与火烧新野分成了两场战役来写，并比较新野之火"又胜博望烧屯之火"（周曰校本配刻了《诸葛亮博望烧屯》《诸葛亮火烧新野》两幅版画）。很明显，小说是想用两场不同地点的火攻连续重创曹军，来表现诸葛亮谋略的出神入化。而利用野外地形布置埋伏圈，诱敌深入，乘夜发动火攻的博望烧屯，也就此定格为放火小能手的标准教学战例。

面对来犯的十万大军，兵力不足万人的刘、关、张显得十分焦躁，兄弟之间先闹了一场。诸葛亮倒是胸有成竹。他事先向刘备讨了剑、印，以防众将不听从他的安排。在作战动员会上，他指出博望距离新野九十里，左有豫山，右有安林，适合埋伏军马。他命令关羽率领一千五百人埋伏到豫山，曹军到来，先不要攻击，放他们经过，直待后面的辎重粮草到来，看南面火起，再纵兵出击，焚其粮草。张飞也率领一千五百人，埋伏到安林背后的山峪中，看南面火起，就直奔博望城屯集粮草处放火。关平、刘封两位率领五百人，准备好点火用具，埋伏在博望坡两边，等入夜七八点，见曹军一到就放火。又命令从樊城叫回赵云，让他担任前部先锋，与曹军接战后，只许败，不许胜，慢慢地撤退，诱使曹军进入博望坡伏击圈。刘备则亲率一军，屯在博望坡下，等到黄昏见曹军到坡下时，就主动撤退，见火起，再率军杀回。诸葛亮部署完毕后，包括刘备在内，一个个都心怀疑虑而去。

夏侯惇率军从许昌出发，直抵博望城屯下。当日从博望进兵。上午十点左右，夏侯惇远远望见尘头起处，立即列队，布置战斗阵形。由于刚刚到达博望，他对当地的地形并不熟悉。他问随军向导，那是什么地方。向导说是博

博望坡军师初用兵

博望烧屯
金协中绘

火烧新野
金协中绘

望坡，再后面就是博口川。于是夏侯惇命令于禁、李典押住军阵，自己则带着副将夏侯兰、护军韩浩，率领几十名骑兵出阵观看敌势。他对众将笑称，你们看看，诸葛村夫就是如此用兵的，拿这样的人马作先锋，与我大军对垒，就像犬羊对虎豹，不值一提；我军不可停歇，应该立即兼程，踏平新野。他独自纵马向前，叫骂敌阵："刘备乃无义忘恩之徒，汝等军士，正如孤魂随鬼耳。"（毛宗岗评本照例删除了夏侯惇骂刘备的话）赵云则回敬以"汝等随曹操，鼠贼也"。夏侯惇大怒，拍马向前来战赵云（毛宗岗评本删除了赵云的话，并改为赵云大怒，显然没有理解原文是要写赵云诱敌）。交手十几合，赵云诈败，夏侯惇不舍。赵云军先后撤，曹军见势，也立即追赶。赵云在后押阵，大约跑了十多里路，又回马与夏侯惇复斗，交手几合又退却。韩浩拍马追上夏侯惇，说这是诱敌之计，小心有埋伏。夏侯惇则毫不在意，说像这样的敌人，就是十面埋伏，也没什么可怕的。

夏侯惇率军一路赶到博望坡，只听一声炮响，刘备亲自率领一军前来接应。夏侯惇回头对韩浩说，你看我说什么来着，就这也算伏兵，再来一军也不够给的，"今晚不到新野，誓不罢兵"。兴奋头上，夏侯惇命令部队加速进军。刘备、赵云"抵挡"不住，慢慢地往后撤退。这时候天色已晚，山间开始升起浓雾，月光也照不见。夏侯惇只顾催军追击敌军，看敌军要跑了，命令后军的于禁、李典赶快跟上。

这一路十分狭窄，路两边又都是芦苇。李典犯嘀咕，感到不妙，跟于禁说"欺敌者必败"。于禁还没觉出什么异常，随口应付说，敌人这么弱，恐怕兴不起什么风浪。李典又说："南道路狭，山川相逼，树木丛杂，恐使火攻。"于禁立即表示同意，让李典止住后军，自己去提醒夏侯惇。李典回马大叫："后军慢行！"可是后军人马都跟着前进，黑灯瞎火，根本停不下来。于禁骤马向前，大叫："前军都督且住！"夏侯惇正走着，见于禁飞马而来，问怎么回事。于禁说："愚意度之，南道路狭，山川相逼，树木丛杂，恐使火攻。"夏侯惇猛然省悟，说你咋不早说，咱们差点就掉进圈套了。

夏侯惇正要回马撤退，背后听见喊声大作，早见一火光烧起，两边芦苇跟着就着了，火势迅速蔓延，四面八方转眼已经全都是火。背后赵云领军杀来，曹军拥挤在一起，退无可退，人马自相践踏，死者不计其数。后军李典急奔回博望城，火光中与关羽军遭遇。看看不能取胜，李典夺路而逃。夏侯惇、于禁见粮草辎重见火就着，也丢下队伍，从小路逃走。夏侯兰、韩浩想要抢救粮草，却被张飞赶到，一枪刺死夏侯兰，韩浩则夺路而逃。

夏侯惇收拾败残军兵，退回许昌，自缚请罪。面对曹操，夏侯惇自述："某至博望坡下，遇敌军，欲尽力取刘备，被诸葛亮用火攻。火起处，自相残害，十伤四五。"曹操虽然解其缚，但也很痛心，责怪说："汝自幼用兵，岂不知狭处用火攻也！"

什么样的情况应该用火攻，这样的话，《三国演义》重复了三次，不可谓不郑重其事。其实，夏侯惇不是不懂得用兵，听到于禁的提醒，他就立即省悟。只是他新到博望，对地形没有足够的了解，无法预先判断环境的影响，及至身临其境，已经来不及了。正如李典所担心的，轻敌过甚，让夏侯惇忘记了危险。诸葛亮的火攻之计，之所以成功，伏击点的选择当然很重要，但关键在于利用夏侯惇的高傲自大，向他不断示弱，吸引他掉入圈套。在这一点上，赵云可以说出色地完成了诸葛亮嘱托的任务。而刘备战力不足，显然也成为加分项。

3. 若郭奉孝在，不使孤有此大失矣

如果说小说中最惨烈的一场战斗是火烧藤甲兵，最具有战略意义的战斗恐怕就是火烧赤壁了。火攻需要借助风力，赤壁之战尤其强调风的重要性。谋士程昱提醒曹操，铁索连环固然可以使人行船上如履平地，可一旦遇到火攻，则无法躲避。曹操说季节不对，现在大冬天，只有西北风，没有东南风，我军在北，吴军在南，倘若他们用火攻，肯定是烧向自己。而这就为诸葛亮参与赤壁之战提供了契机。"欲破曹公，宜用火攻。万事俱备，只欠东风。"这个全面浸入中国人日常生活的经典表述，虽然是《三国演义》的创造，却源自宋元时代兴起的道教雷法。

从元代到清代，无论是口传故事、舞台演出还是小说表述，无一例外，都说诸葛亮是道士。尽管元代有关赤壁大战的杂剧都没有流传下来，但《三国志平话》已经写到诸葛亮祭风之事。周瑜与众将商议破曹兵的计策，让大家写于掌心，如果大家意见一致，说明计策得当。大家伸开手掌互相观瞧，全都写着"火"字，唯有诸葛亮写的是"风"。诸葛亮说火攻是上策，但如果风势不顺，就无法施行。周瑜说风雨在天，由不得人，你怎么起得了风。诸葛亮说，自有天地以来，有三个人懂得祭风：一个是黄帝，他拜风后为师，靠风战胜了蚩尤；一个是舜，他拜皋陶为师，用风平定三苗；再有就是贫道诸葛亮，懂得这个法门。他在江岸筑土台，进攻当日，登台，身披黄衣，披头散发，打着赤脚，左手持剑，叩齿作法，唤起东南风。

尽管描述相当简略，但《三国志平话》中诸葛亮的这一应行头（原书上端的版画，还刻出了道袍的细节），对于元代的听众或者读者来说并不陌生。那时候流行的道教雷法，通常是由道教法师打扮成真武祖师的样子，通过内功与秘诀的共同运用，以人心感天心，便可呼风唤雨。

真武祖师是什么样子？就是披头散发，赤足，仗剑。而供奉真武祖师的道教圣山武当山，就在诸葛亮隐居修道的南阳。由此即可理解，元代口头文学中的诸葛亮为什么是这般模样。

《三国演义》继承了诸葛亮祭风的情节，说他得到异人传授八门遁甲天书，并对他所建七星坛作了详尽的描述。周曰校本所附版画《七星坛诸葛祭风》在文字之外又增加了一些视觉元素：诸葛亮不仅披头散发，一手仗剑，另一手还拿着噀水杯；他面前的洞案上，除了香炉、净水杯（杯口还画了用于洒净水的叶子！）外，还摆着一块令牌。令牌在祈祷风雨的道教仪式中，是用于召请雷法天将的。可见，版画绘刻者所认知的诸葛祭风，就应该是当时日常生活中所见到的道士行使雷法的样子。一般来说，现代读者对这一内容没有什么兴趣。但对明清时代的读者来说，不论是奇门遁甲，还是雷法，都是绝对的高科技，有着无法抗拒的吸引力。实际上，明代小说四大奇书（《三国演义》《水浒传》《西游记》《金瓶梅》），就没有不热衷描写道教法术和仪式的。尽管文人士大夫嘴上往往说着不要，骂

風來萬里仰觀造化斡旋中

明代周曰校本中的诸葛祭风
日本国立公文书馆藏

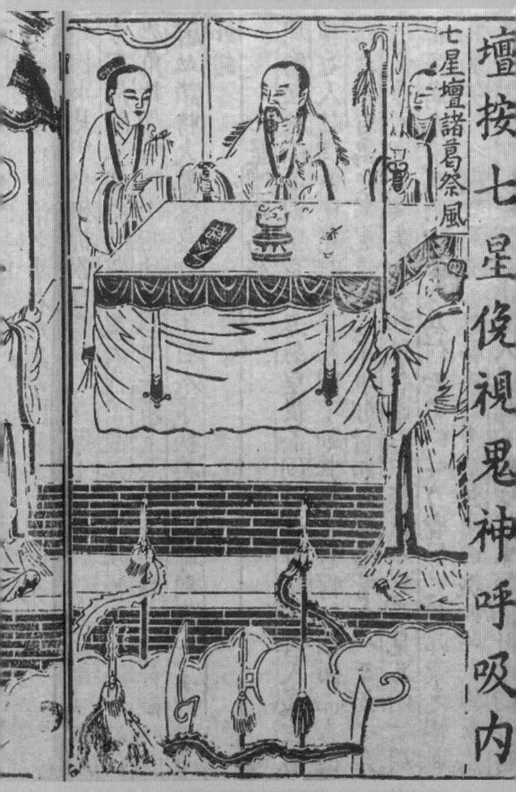

壇按七星俛視鬼神呼吸內

七星壇諸葛祭風

为怪力乱神，但他们心底又是另一番景象，忍不住还是要看，说不定就能学会禳星延命，多活几年呢！

清代宫廷戏剧《鼎峙春秋》更进一步，说建设七星坛，还需要周瑜的"一枝令箭镇坛"（第五本第二十出《风不便未免心忧》）；又说诸葛亮在坛上，"踏罡步斗"，向青帝、天将、风神等申发文书，命得令后不可迟延，立即刮三天大风（第五本第二十一出《坛中可望不可攀》）。按照明清时代道教雷法的规矩，建立法坛时，确实需要用到弓箭，即开箭煞；施行法术的时候，道士也需要按照星斗的式样舞动步伐登上仙界，并通过内功招请天将，命令他把祈祷文书送到相应的单位，而文书中也特别强调不得迟延。这两个新增加的细节，表明编剧者对道教仪式是很熟悉的。我们知道清代宫廷演剧的编撰与演出，主要是由升平署负责的。升平署编戏、教戏、演戏的人员多从太监中选任，而宫廷内负责祈祷风雨的道士，也往往从太监中选任，他们熟悉道教雷法，是很自然的事。只要稍稍翻看一下宫廷记录和太监回忆录，就可以证实这一点。现在去北京故宫游览，也能看到中轴线上伫立着钦安殿这一供奉万法教主真武大帝的神殿。

　　小说中，诸葛亮虽然没有参与战斗，但以风助火，帮助周瑜取得破曹的功业。曹操没想到诸葛亮能够呼风唤雨，面对人力所不能及的"不测风云"，他能够怎么办？民间传说往往注重故事的神奇，而不太顾及逻辑的严密。《三国演义》在采纳这样的故事时，也掉进了神化诸葛亮的陷阱。虽然已经写诸葛亮连续识破周瑜的计策，但小说仍不满足，用一场借东风，给有着碾压性计算能力的诸葛亮配备上毁灭性的超级武器，把他推上了"智将"的颠峰。可是，问题也随之而来。如果没有借东风，火烧赤壁就不可能发生，之前一切的反间计、苦肉计、连环计等就都白废了工夫。这场决定三分之势的胜利，不可避免地会给读者带来负面感受，也就是谋略在运气面前毫无意义。而小说写诸葛亮六出祁山，曾经有机会全歼司马懿，也是因为运气不好，天降大雨，前功尽弃。

　　这场战役中的曹操写得还是相当成功的，在心理刻画方面简直入木三分。如果没有他对荆州新降军将的不信任，恐怕周瑜的反间计也无法实现。而率百万大军南

波流灑沛焦頭爛額一江紅

明代周曰校本中的赤壁鏖兵
日本国立公文书馆藏

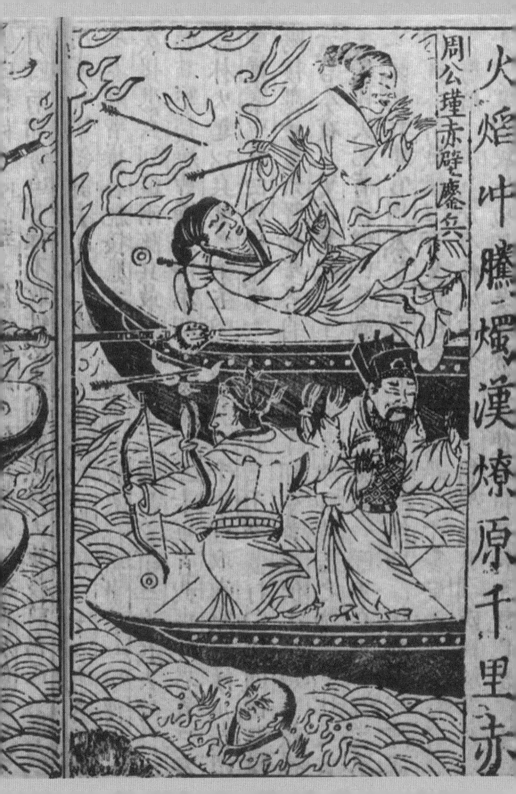

火焰冲騰燭漢燎原千里寺

征，也是前所未有。面对滔滔东逝水，从私人武装"百战创业"成长起来的曹操，此时此刻确实会有志得意满的感受。小说写横槊赋诗，当然是要用此时的不可一世，与彼时的忙忙似丧家之犬作对比；但没有这个时候的自我膨胀，也就没有对防备火攻的懈怠。大败之后，曹操也像斩蔡瑁、张允时那样，不愿意承认是自己葬送了眼看就要到手的胜利，但连续中计的事实摆在那里，不容否认，更何况程昱还曾经三次提醒他防备火攻。结果是，虽然误中奸计，但错不在我。

曹操说："若郭奉孝在，不使孤有此大失矣！""哀哉奉孝！痛哉奉孝！惜哉奉孝！"错在你们这些人，没有一个人能像郭嘉那样料敌如神！没有一个人能像郭嘉那样说服我！没有一个人能像郭嘉那样真心为我！郭嘉是诸葛亮登场以前，小说中最具智能之术和战略眼光的谋士，而他正是程昱推荐给曹操的。既然程昱能够几次三番提醒曹操，那么如果郭嘉还在的话，想必确实会如曹操所说，可以帮助他避免战败。在曹操创业的过程中，郭嘉曾建十胜十败之说，力劝曹操先灭吕布，再攻袁绍。后

来随军到冀州，又建议曹操不必担心刘表、刘备，力主
远征乌桓。可惜随军出征途中，郭嘉不服水土，病逝于
易州。而他在去世前，仍然为曹操写下平定辽东的计略。
曹操回军祭奠郭嘉，大哭说："奉孝死，乃天丧吾也！"
既然小说明确写了周瑜评价诸葛祭风是夺天地之造化，
那么，也可以说是老天有意让曹操有此败，是天丧了曹
操百万军。只不过，诸葛亮算定天命应有三分，又借本
为"天将"下凡的关羽之手放走了他。

《三国演义》不是史书

　　《三国演义》是小说，不是史书。它虽然大体上按照汉末的历史框架来安排故事，所选择写作的故事多实有其事，塑造的人物也多实有其人，但从小说产生以来，对史书较为熟悉的儒者，常常对小说混淆历史与虚构表达过不满。尽管史书的记载也含有一些虚构性的内容，但与小说的创作还是两回事。尽管我们不主张读者用史书的标准来对待小说，但是读者阅读小说之后产生对史书的兴趣也是很自然的事情。两相比较，读者也会很容易发现，小说《三国演义》存在许多史实错误。除了时代错置、事件发生的顺序错乱、张冠李戴以外，还有许多人物与事件是完全出自虚构的。

　　我们都知道张飞暴脾气的典型例子是鞭督邮。这件事情可以说是实有其事，也可以说是纯属虚构。关于鞭督邮，史书《三国志》是有记载的。刘备因军功任安喜尉。某日，督邮因公事到安喜县，刘备求见不得，觉得被怠慢，就直奔县厅绑了督邮，打了二百杖，还把印绶挂在他脖子上，自己辞官逃走了。这件事情，《三国志》的注释引用《典略》，虽然增加了朝廷要沙汰因军功任官者的细节，但整体上并没有大的变化，仍是说刘备鞭打了督邮。不过，在三国故事流传过程中，由于刘备逐渐被塑造为明主，有这样的黑历史就不大合适了，于是《三国志平话》就将这事挪给了张飞。这样一来，问题也就来了，张飞有什么理由去鞭打督邮呢？平话故事还是很讲究逻辑的，尤其是打抱不平的江湖逻辑。故事说刘备赴安喜县上任，被太守以逾期到任之名责罚，回来自然闷闷不乐，张飞见了大怒，当晚就手提钢刀跳进太守的宅子，不仅杀太守一家，还把闻讯赶来的弓手杀死二十多人。案发后，作为县尉的刘备必须负起治安责任，便上报朝廷。朝廷认为明目张胆杀死太守，这么大的事肯定不是小毛贼干得了的，准是县尉手下人干的，特别指派督邮来办案。督邮认定是刘备犯案，关羽、张飞立即持刀救下刘备。盛怒之下，张飞把督邮剥了衣服，绑在马桩上，一百棒打死。三人率领手下军兵，弃官到泰山落草为寇。小说《三国演义》虽然延续的是《典略》的叙述框架，而没有采纳平话里那种水浒英雄式的造反故事，但也觉得鞭打督邮还是让张飞出面的好。

类似这样的编造与挪借，小说中还有许多。比如史书《三国志》记载孙坚大破董卓军，杀死董卓军都督华雄，董卓忌惮孙坚，迁都并焚洛阳，孙坚入洛后修复诸毁坏，便率军回到本屯；而小说《三国演义》不仅将杀死华雄之人改为关羽，创作了著名的"温酒斩华雄"故事，将孙坚的功勋和威名全部转给了刘、关、张，而且还编造了孙坚在洛阳得到传国玉玺之事。另外，孙坚被围困，依靠祖茂脱身以及袁术受间不发粮草，确有其事，但史书所记事件先后及结果均与小说不同。《三国志》写孙坚移屯时，受到董卓大军的攻击，率领数十骑突围，让祖茂戴着他的红头巾吸引董卓骑兵，而他自己则从小路逃脱。祖茂把红头巾戴在坟墓间柱子上，自己趴在草丛中，董卓骑兵靠近后发现是柱子也就退去了。在此之后，发生了袁术受人离间不发粮草之事。《三国志》写孙坚当夜即驰问袁术，质以利害，袁术感到惭愧，立即调发军粮，孙坚因而得以屯守，而这也是董卓决定迁都的原因。小说为了渲染原本不存在的刘、关、张之功绩，不仅将袁术不发粮草改为孙坚兵败被围的原因，还给祖茂指了一条死路。除此之外，小说中像什么诸葛亮摆空城计纯属虚构，青龙偃月刀这样的武器在三国时代也并不存在。

1. 放火烧船需要东风？

《三国演义》写了许多著名的战役，比如濮阳之战、官渡之战、赤壁之战、夷陵之战，等等。这些战役虽然都是历史上发生过的事情，但小说所描绘的战役细节则是史书不曾记载的虚构内容。其中，火烧赤壁是小说花费篇幅最多，也是最为人们所津津乐道的一场战役。火烧赤壁虽然也充分展现了周瑜的谋略，但主角显然是那位能够呼风唤雨的道士诸葛亮。从清代戏剧到当代影视作品，借东风都是赤壁之战的重头戏。

可是，史书《三国志》中所记载的诸葛亮，主要是作为一名策士出使东吴，为孙刘联军作出贡献。无论是诸葛亮本人的传记，还是周瑜、孙权、刘备、曹操等人的传记中，都没有提到诸葛亮参与赤壁大战之事，更不可能记载宋代以后才流行的道教雷法。

孙权、刘备、曹操的传记虽然提到了赤壁大战，但都很简略。孙权传记没有提到火烧曹军之事，只说周瑜、程普各率领万人与刘备一起在赤壁大破曹军，曹操则把剩下的战船烧掉后撤退，而曹军饱受饥饿与疾病困扰，死伤大半。刘备传记也只是说与周瑜、程普一起在赤壁大破曹军，"焚其舟船"，然后水陆并进追击曹军，当时曹军中又正流行疾病，死者很多。曹操的传记提到赤壁大战时，既没有说被敌军火烧战船，也没有说自己下令烧毁剩余船只，只提到与刘备军战斗失利，当时军中发生传染病，死者甚众，就撤军了。

相比之下，作为直接当事人，周瑜的传记对这件事情记载最为详细。当时，孙权派周瑜、程普等率兵与刘备军共同迎击曹军，双方在赤壁相遇。曹操的军队远来疲惫，又多是北方士兵，不习惯南方的水土，许多人都生了病，刚与孙刘联军交战，便不得不败退，双方隔江屯驻两岸。周瑜的部将黄盖提出敌众我寡，久战对我们很不利，但曹军船只首尾相连，可以用火攻。于是用数十艘战船装上柴草，浇上油，再盖上帷幕，上建旗帜，寄书曹操，伪称投降，这些战船后面还系着小艇。接近曹军时，黄盖命令把战船解开，同时点火，一时风助火势，延烧北岸上的曹军营寨。

这个记载只说当时风力盛猛，没有提到风向。《三国志》的注释引用《江表传》，说当时东南风刮得很急。这一说法在民间传说中发生了变化，被移植到了诸葛亮身上，《三国志平话》就已经创造出借东风的故事，而《三国演义》中的借东风故事更是我们所熟知的。

2. 谁打了黄盖的屁股？

《三国演义》写周瑜等人谋划抗击曹操，其中一个很重要的环节就是苦肉计。我们从上面提到的周瑜传记可以知道，作为周瑜的部将，历史上黄盖就是以"投降"为幌子，向曹操一方进发，从而火烧战船。虽然史书引用了一个传说，指出曹操看到黄盖送来的降书，心里还是比较怀疑的，但降书中却并没有提到黄盖曾被杖责侮辱这样的事情。人们似乎对如何消除曹操的疑虑很是关心，于是《三国志平话》就记录了苦肉计，以保障诈降的成功。

不过，历史学家还发现另外一则记录这一事件的故事，说的是周瑜乘夜偷袭了曹军。当时周瑜镇守江夏，曹操要从赤壁渡江，但苦于没有战船，只好制作竹筏，想要沿着汉水到浦口渡过南岸。周瑜赶在曹操之前，连夜调动轻舟、小船百艘，每艘船由五十人操桨，搭乘军兵，每人手持火把，有数千人之多。到了曹操造竹筏的地方，就放火，火一点着，立即开船逃走。很快，曹操制造的数千艘竹筏都烧了起来，火光冲天，曹操只好当夜撤退。（方诗铭《周瑜与赤壁之战》）

这则故事出自《英雄记》。这本书主要记载汉末英雄豪杰人物的逸闻趣事，可惜全书已经不存，但《三国志》

等书保存了这本书的一些片断。小说《三国演义》讲述的刘备、曹操等人的童年故事，很多就来自《三国志》中保存的《英雄记》。黄盖作为周瑜的部将，理应参与了赤壁之战。但历史上，火烧战船究竟是周瑜搞的偷袭，还是让手下部将黄盖搞的诈降，从这则故事来看，好像还是无法下定论。就算我们更愿意相信历史上确实是有黄盖诈降这件事，但也没有打屁股什么事儿。

3. 蒋干何曾盗书！

《三国演义》对赤壁之战的加工，除了继承《三国志平话》中已经出现的道士诸葛亮祈祷东南风、苦肉计等情节以外，还继承了蒋干盗书这一著名的桥段。

史书《三国志》注释引用的《江表传》记载了曹操派蒋干劝降周瑜的故事。蒋干是出身九江的名士，口才很好，据说在江淮一带找不到敌手，享有很高的声誉。周瑜见他来，立即明白他的意图，主动出迎说："子翼良苦，远涉江湖，为曹氏作说客邪？"蒋干自然用辩论话术搪塞过去。周瑜也不跟他强辩，安排他吃住，说刚好我现在有点私密事要办，这就要离开，办好后，我再另请你，然后就走了。三天后，周瑜领着蒋干到他的军营中，一路看到仓库军需用品都很整齐。回来，又请他吃饭，展示珍奇玩好之物，说："丈夫处世，遇知己之主，外托君臣之义，内结骨肉之恩，言行计从，祸福共之，假使苏、张更生，郦叟复出，犹抚其背而折其辞，岂足下幼生所能移乎？"意思是孙权待自己这么好，就是苏秦、张仪、郦食其这些历史上著名的说客再生，我也能让他们辞穷而退，何况是你这个毛头小子。蒋干毕竟是名士，只是笑而不语。回去之后，蒋干称赞周瑜"雅量高致，非言辞所间"。这样的人物品评无疑为双方都赢得了声誉。

这个故事不仅与赤壁之战没有什么直接关系，更没有把一位翩翩名士写成轻易上当的二傻子。当然，我们也可以看到，小说《三国演义》借鉴了这个故事的大致框架和内容，但在这个故事的基础上，不仅又增加了醉酒、盗书的情节，还让蒋干来了个二进宫，两次上当。《三国志平话》中，蒋干甚至被众人乱刀杀死泄愤。

与上面所说诸葛亮借东风、黄盖诈降、蒋干盗书等类似，诸葛亮舌战群儒，周瑜等人为大战精心准备的连环计、反间计，曹操杀死蔡瑁、张允以及横槊赋诗，周瑜设计害诸葛亮和诸葛亮三气周瑜，等等，包括著名的"既生瑜，何生亮"，统统都是小说的虚构。只是这些虚构的故事太有吸引力了，舞台又不停地上演，人们打心底里愿意相信这些都是真实发生过的事情。

七 相关研究与"三国热"

小说《三国演义》出版以来，即受到读者和出版商的追捧。为了争取读者，出版商与文人合作，推出附加序言与评点的版本。除此之外，许多读者也把自己对小说的看法记录下来。如果这些序言、评点或者阅读体会，也可以称为研究的话，那么《三国演义》的研究史也有四五百年了。当然，一般来说，我们所说的研究史还是指现代学术建立以来的《三国演义》研究史。

1.《三国演义》研究小史

随着近代中国国门洞开，许多新鲜观念奔涌而来，人们对于文学的观念也随之发生变化。过去人们瞧不上眼的

郑振铎
郑氏对中国通俗文学的发掘和研究贡献良多。

小说，摇身一变，成为文学研究的大热门。现代学术意义上的《三国演义》研究也在这个时候登上历史舞台。

最初的风潮还是起因于古籍善本的调查与发现。与百回、百二十回本《水浒传》等明代版本的发现，改变了金圣叹腰斩本一统天下的情况类似，元代《三国志平话》以及嘉靖刻本《三国志通俗演义》等明代版本在亚欧各地的相继发现，也为人们打开了崭新的世界——原来在毛宗岗

评本以外还有这么不同的《三国演义》！一时间，寻书、
访书、购书，人们忙得不亦乐乎，所知所见的明代版本数
量迅速增加。这也让当时的出版业看到了商机，适时推出
珍稀版本的影印本、标点本，大赚了一笔。这一时期，小
说研究者与古籍收藏者都贡献了不少的成果，尤其是郑振
铎认为，嘉靖刻本是最接近罗贯中原本的一个版本，其他
版本都是它的子孙。这个看法尽管已经被证明是错误的，
但却影响至今，被广泛接受。因此，之后市面上流通的明
代版本的整理本，多数是以嘉靖刻本为底本的。

不过，与版本、目录工作的红火相比，对《三国演
义》内容本身的研究在那个时候才刚刚起步，主要是鲁
迅、胡适等人谈了一些问题，包括对《三国演义》的形
成、作者、版本，对小说艺术水准以及诸葛亮、刘备等人
物的看法等。1949年以后，毛泽东提出历史上的曹操是
了不起的人物，而戏曲中的曹操则被丑化为白脸，郭沫
若、翦伯赞等历史学家便顺势发起为曹操翻案的运动，把
虚构历史的小说《三国演义》树为批判的靶子。在接下来
的历次运动中，《三国演义》被彻底打倒，禁止销售，到

1970 年代初才又重新出版上市。评书表演艺术家单田芳回忆说，一天女儿上街赶集，回来告诉他书店里开始上架《三国演义》《红楼梦》等禁书了，他就让女儿用卖鸡蛋的钱偷偷买回一部《三国演义》。(《言归正传：单田芳说单田芳》) 这才有了后来大家熟悉的长篇评书。那一时期，批判的中心是"尊刘反曹""尊儒批法"等政治性话题，虽然现在看来没有什么学术价值，但对后来的研究仍然有着深远的影响。

1980 年代《三国演义》研究重新启动之后，人们所热衷讨论的仍然是小说主题、历史真实与小说虚构的关系以及曹操等人物的评价问题。当然，新时期的研究气象已经大为改观，大家都能轻松地表达自己的观点，这也让许多话题都浮上了水面。关于小说主题的讨论五花八门，除了传统的"尊刘反曹"，乱世英雄、忠义救民、天命轮回、呼唤仁政、反对封建黑暗统治以及小说体通俗军事教科书，等等，应有尽有，可以称得上是八仙过海，各显神通了。人物评价则除了曹操、刘备、诸葛亮、关羽等少数热门人选外，也开始讨论孙权、徐庶、周瑜、甘宁、吕布等

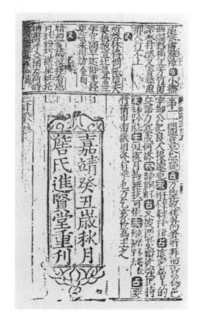

明刊《风月锦囊》之一叶

以往不太受到读者重视的人物。

关于《三国演义》的源流，除了以往受到关注的各版本《三国演义》以及三国题材的戏剧以外，评弹、评书、鼓词等说唱曲艺和民间故事也得到收集与研究，尤其是欧洲收藏的明代曲辞选本《风月锦囊》中保存的《三国志大全》曲辞、上海出土的明代说唱词话《花关索传》得到了比较充分的研究。历史资料方面，也从《三国志》等汉晋时代的史书，扩展到《资治通鉴》《通鉴纲目》《十七史详节》等宋元时期的史书和通俗历史读物。这一时期比较热闹的，主要是罗贯中是否是《三国演义》作者、罗贯中的籍贯是太原还是东原、罗贯中是不是元代的罗本、罗贯中有没有参与农民起义等话题。经过反复争论，人们也意识到这些话题的提出，主要原因是版本调查不严谨、对史料性质认识不足造成的理解差异，要么没有必要讨论，要么没有办法给出明确的结论。

大家也因此再次意识到版本研究是一切研究的基础。通过多方努力与国际合作，汇聚各种珍本、古本，1990年代以来出版了多种文献集成。魏安、中川谕等海外学者的版本研究著作相继在中国出版。中国学者也奋起直追，在版本研究、文本校勘、数字化等方面都取得不少成绩。近二十年来，除与《三国演义》有着密切关系的关羽信仰研究得到持续关注外，《三国演义》的海外传播也开始成为人们关心的问题。

2.《三国演义》的海外影响

通常来说，汉字与汉语的学习有一定难度，不是一般人所能够掌握的。《三国演义》作为一种文化商品，虽然不像诗词歌赋、经史著作那般被看成是士大夫专享的高级货，但文言与白话交杂的语言特点，以及超过二十卷（按内容分为二百四十则）的篇幅，表明它面向的消费者仍然是具有一定阅读和购买能力的阶层。不认识汉字或者认识汉字很少的人，只能通过听或者看，也就是借助说书、讲故事或者戏剧表演等中介，走进他们喜爱的《三国演义》。

自明代中期出版以来，《三国演义》不仅成为明朝本土"四方收书君子"追捧的热门，也通过朝贡外交、国际贸易和移民流动等方式向汉字文化圈的各个国家持续扩散。朝鲜、日本、安南等国的皇室、贵族、僧人、学者以及高级官员，具有阅读和使用汉字的能力，他们购买、阅读包括《三国演义》在内的汉文书籍，既是个人的文化行为，也是高人一等的身份体现。当地一般人既没有财力和资格拥有进口书籍，也没有办法直接阅读汉语，为了满足这些人的需求，用本国语言翻译、改编或改写的《三国演义》就大量出现了。

在《三国演义》问世以前，有关三国的史书以及《三国志平话》就传入了朝鲜半岛。而现在韩国的图书馆，除了保存明代刻本、本地活字印刷的《三国演义》等古代版本外，也还有大量 20 世纪初日本统治时期出版的以本国语言改写的三国题材小说，比如以张飞、马超为主角的《张飞马超实记》，以关羽为主角的《关云长实记》与《五关斩将记》，以姜维为主角的《大胆姜维实记》，以赵云为主角的《山阳大战》以及以诸葛亮妻子为主角的《黄夫人传》等。（肖伟山《〈三国演义〉在朝鲜半岛》）

在日本古籍记述中，也能见到很早就有三国历史与传说故事。而《三国演义》等汉文书籍流入日本后，也主要是由藩主、学者、僧人拥有和阅读。在那之后，以日语翻译的《通俗三国志》出版了，使得没有汉字识读能力的人也能够读懂小说。同时，面向庶民读者的廉价图文读物也应运而生。这些因地制宜的出版物大大推动了《三国演义》在日本的传播。与此相关，江户时代的曲艺、戏剧和浮世绘也很自然地吸纳了三国因素。"二战"后，新的翻译本不断推出，众多日本作家也出版了融入个人风格的《三国演义》改写作品。（张哲俊、李勇《〈三国演义〉日本接受史》）其中，吉川英治在《台湾日报》任职时写作的长篇巨作《三国志》，近年来多次被翻译成中文，在中国出版，受到中国读者的欢迎。与此类似，日本出品的三国题材漫画、动画、电影、手办以及游戏，也同样在包括中国在内的亚洲多国热卖。值得一提的是，游戏《三国志》在剧情、人物的介绍中采取并列史书和《三国演义》的做法，有意识地将历史记载和小说创作区分开来，激发了玩家对史书与小说比较阅读的兴趣。

现在越南的图书馆中虽然没有发现《三国演义》的明清版本，但改编本和翻译本还是有不少保存了下来，而《三国演义》对越南文化的影响也是全方位的。越南本国人开始创作历史小说，就与《三国演义》的传入分不开。在20世纪的越南解放运动中，为训练军队抗击法国，领袖胡志明还亲自编写了一本《孔明军事干部训练方法》。越南作家保宁回忆自己之所以能够在70年代抗击美国的残酷战争中幸存下来，就是因为他对《三国演义》烂熟于心。他所在部队的指挥官希望听他讲三国，担心他牺牲后再也听不到，所以每次战斗都让他留守营房。（夏露《〈三国演义〉在越南》）

泰国、马来西亚、印度尼西亚等东南亚国家也都有本地语言的翻译和改写作品。与马来西亚、印度尼西亚以华人翻译为主导不同，泰国最初是以国家力量翻译《三国演义》(洪版)，并只在宫廷与贵族之间以手抄本形式流传。在那之后也不断有新的翻译和改编，涌现出卖艺乞丐版、富豪版、卖国者版、军事战略版、凡夫俗子版等众多的本地化版本。与越南的情形类似，泰国人对《三国演义》的接受也是深入骨髓。不仅在历史上的王朝战争中，模仿小说《三国演义》吓退缅甸军队，创造了真正的"空城计"战例，而且将《三国演义》的情节、人物全面融入现代国家的政治斗争和日常生活中。(裴晓睿、金勇《〈三国演义〉在泰国》)

与亚洲情形不同，西方语言的翻译与改编，主要是传教士和汉学家的事业，对大众阅读的影响非常有限。出于传教与学习汉语的需要，传教士很早就注意到包括《三国演义》在内的白话小说。据说教会内部保存有早期传教士用拉丁语翻译的《三国演义》，但这个译本没有被发现。东印度公司印刷工汤姆斯是英译《三国演义》第一人。他是为了印刷英国传教士马礼逊编撰的《华英字典》而来到澳门的。在他之后则是香港总督、汉学家德庇时。他的翻译作为一本书的附录，也是在澳门出版的。此外，来自德国、美国等地的传教士也在汉语学习教材或者汉学杂志上刊登了他们的翻译或介绍作品。（王燕《19世纪〈三国演义〉英译文献研究》）不过，除了汉学家与中国学者有意识地搜寻外，没有多少人知道他们的翻译。真正给一般人留下印象的，可能还是包括三国在内的东方题材的游戏和电影。

结语：人人都能说《三国》

　　《三国演义》设定的时代背景是汉末三国纷争。虽然写作时从历史文献中汲取许多素材，在编辑、出版过程中，也出现了编制三国人物表、标示纪年信息、增加名物考证、从史书补充人物事迹和地理信息等历史化的处理，却不能改变它是小说的事实。对于想要了解历史上的三国的读者，《三国演义》显然不适合。史书《三国志》的读者，想要了解历史上的三国事件与人物，没有任何必要，或者说应该避免阅读《三国演义》。同样，小说是一个有着整体构思的创作，读者要理解小说中的人物，也应该避免《三国志》等史书的干扰。不过，既读史书，也读小说，而且对比较二者异同乐此不疲的，也大有人在。

　　《三国演义》并不是一朝成就的。三国题材的文学，在这部小说出世以前已经有相当的累积。元代的《三国志

平话》已经将故事的焦点聚焦于刘、关、张三兄弟的英雄
人生。平话称关羽为"关王",所附版画还在他的头部绘
制了云气,与元代杂剧称其为"关大王"有关,都是关羽
信仰在宋元时代兴起的体现。关大王戏从元明流传至今,
在乡村祭祀演剧的舞台上得到持续的上演,具有镇压邪祟
的寓意。与元明时代的道教原则上将关羽认定为恶鬼不
同,《三国演义》虽然吸收了关羽死后显灵报仇的民间传

湖北当阳玉泉山,有"关公显圣处"等遗迹

说，但似乎不愿意接受关羽凶死的事实，安排他在玉泉山受了普净长老的点化。

张飞在元代市民文艺中也受到普遍的欢迎。《三国志平话》及元代杂剧都热衷于写张飞的故事。元明之际还出现了张飞转世为岳飞的传说。他的另一个分身见于《水浒传》，即黑旋风李逵。不过相比关羽，《三国演义》似乎不太喜欢张飞，既没有采用他那些英雄事迹，也没有写他死后成神。这一遗憾倒是在清代评弹《三国志玉玺传》中得到了弥补。不仅如此，清代的善书也很喜欢以张飞的口吻来训导众生。当然，小说中死后成神的，并非只有关羽。诸葛亮死后葬于定军山，在钟会入蜀时，也曾显圣，诫命钟会不要妄杀黎民。此外，大概是"良将终须阵上死"，东吴的大将甘宁身患重病，小说仍然安排他随军出征。他卧病在船上，听到敌军喊杀，出来就被沙摩柯一箭射中头颅，带箭走到富池口，坐于大树下而死，树上群鸦数百，围绕其尸。小说所附诗说这是神鸦显圣，也很有乡土信仰的味道。

与《三国志平话》专注于刘备创业不同，《三国演义》

虽然也以刘备为男一号，但也还有男二号、男三号。小说前半部花了很大的篇幅描述孙、刘、曹三家创业，偶尔也提醒某事发生在建安某年，使读者感到虽然发生了那么多事情，英雄们似乎都还是斗志昂扬的青春年华；但当小说转入后半部，读者就明显感到时间过得飞快，英雄们都迅速衰老甚至死去，几个故事讲完，就快进到了三家归一统。而这个观感的分界点，就是关羽之死。

在关羽兵败被杀后，小说明显加快了讲述节奏，在很短的篇幅内就安排曹操、刘备离世。曹操以一校尉行刺，逃归乡里，兴起义兵，此后百战成功，吞灭群雄，封为魏王。去世前，臣下希望他早正大位，他笑称自己事汉多年，名爵已极，明确表示拒绝。去世时，仅以未能剿灭孙权、刘备为憾。他虽然掌握权力之实，始终不愿意背负篡逆之名。刘备以一孤穷，赖有宗室之名，辗转寄寓，终于自立为王，复又登基称帝。他累次对诸葛亮等臣下说都是你等陷我于不义，表演自己对汉室的忠诚。一旦登上大位，便"不知有汉"，置讨魏于不顾，兴兵伐吴，与关、张相聚于九泉。作为蜀国的丞相，诸葛亮秉承先帝遗志，南征北讨，拼尽全力，也未能"兴复汉室"。他死后显圣，也不得不承认"汉祚已衰，天命难违"。

吕布说汉朝天下，人人有份。从诸侯割据，而定三分，再到英雄淘尽，难违天命，归于晋朝。毛宗岗评本在全书结尾处再次插入"天下大势，合久必分，分久必合"，让人遐想。《三国志平话》写刘渊灭晋，兴复了汉室。虽然《三国演义》并没有采纳这一结局，但还是有一些明代小说、清代传奇（《小桃园》）延续了平话的做法，可见很能代表皇叔党的心愿。与此类似，清代杂剧《丞相亮祚绵东汉》写诸葛亮以禳星为计，骗过司马懿，将他们全军烧死在葫芦谷，又三路出兵，灭了魏国，而吴国也遣使者投降称臣，三分归汉，弥补了小说中诸葛亮未能灭魏平吴的遗憾。那么，当三国故事再次来到笔下的时候，你打算让谁来一统天下呢？

后　记

世事皆有缘法。

那个每天中午一放学，就急急赶回家，端着饭碗收听单田芳播讲评书的小学生，怎么也不会想到三十年后会在大学课堂上讲授中国古典小说，并写作一本《〈三国演义〉通识》。

确实，硕士研究生时，我修读的是小说戏曲研究方向，古典小说的研撰自属分内之事。但从那时开始，我的兴趣逐渐转向道教。从攻读博士学位到进入文学研究所工作，我也一直从事道教文献、法术的研究，一度觉得自己距离文学日渐遥远。在完成一项关于六朝古小说的研究后更曾在朋友圈发文，公开宣称要离开文学，一心从事道教法术的研究。彼时奔走于海峡两岸，觉得时不我待，放弃一些领域实属自然，毕竟一个人的精力有限。当然，出于对道教法术的兴趣，我也对作为酆岳法元帅的关羽报以青眼，但除了反复欣赏评书外，也并没有十足的热情腾出手脚，来投身《三国演义》的研究。

然而令人啼笑皆非的是，转眼之间，告别宣言就作废了。担任中文系教职后，在老师的鼓励下，我一面开课讲授古小说和"四大奇书"，一面也接受了写作本书的任务。大概习惯了研究环境，我在讲台上除领读文本、讲授一般知识外，也常常抛出一些诸如"呼风唤雨"的法术原理之类较为生僻的内容。写作本书也是一样，基础知识当然必须要讲，但一切人云亦云，不论是写还是读都令人感到乏味。好在我对三国题材的小说、戏曲大体有一定的积累和思考，对前人著作的得失虽然算不得了如指掌，也大体熟悉，因而也就尽力避免一些套路化的旧叙述，更多地讲述一些不算熟烂但显然也并不离谱的心得。根据丛书体例，我就手边资料配了若干书影，责任编辑飞立兄又寻得其他图片，使得本书以现在的样貌呈现在读者面前。

写作时的每一个深夜，有家人的酣眠和曾在不同时

空流行的音乐相伴；每一个清晨，也满心期待地安排儿子
审读我新鲜出炉的文字。那段时光，"读得懂吗"，成为我
挂在嘴边的口头禅；儿子的点头，也成为对我通宵达旦的
最高肯定。终于拿到校样，儿子也搬了板凳来和我一起审
读，说出版了他还要再看一遍。三国故事，对今日的少年
来说，仍不失其吸引力！

许　蔚

识于如不来室